やぎさんゆうびん

エッセイ集

長友克輔

鉱脈社

はじめに

地元紙の宮崎日日新聞で男のエッセイ「万年筆」という企画が始まったのは、二〇一二年（平成二十四年）一月でした。それを知り、自分も何か書けそうな気がして「おでん3号」という拙いエッセイを投稿したところ、翌二月に採用されました。朝の楽しい話題になりそうなものを、と思って書いたものでしたが、初めて私の名前が新聞に載った瞬間でした。

そのうれしさが忘れられずに投稿を続けた結果、この十三年間で二十作ほど掲載されました。私に書く喜びを与えてくれた「万年筆」です。もちろんボツになったものも多いのですが、「やぎさんゆうびん」の章の中で、その復活も試みたところです。

私がこれまで読んだエッセイの中で最も印象に残っているのは、作家・宮本 輝の「途中下車」（講談社文庫『二十歳の火影』）です。短編小説と言ってもよいほどの面白さで、すっかり魅了されました。そして、どうせエッセイを書くなら、このようなストーリー性があるものを書きたい、と真剣に思ったのです。現実には思うようにいきませんでしたが、多少なりそれを意識して書こうとした、少し長めのものを「ラストダンス」の章にまとめました。

「星野さんの緑色」の章に収めたのは、社内報や機関誌などに掲載されたもの、あるいは高校や中学校の生徒に行った、就職試験関連の講演原稿などです。対象者がはっきりしておりますので、その人たちに理解してもらえるよう心掛けて書いたつもりです。エッセイではありませんが、それぞれ思い入れの深いものばかりです。

いつのまにか私も八十歳を超えました。年齢から考えて、これまで書いてきたものをそろそろまとめておこうと、このたび初めてのエッセイ集を出すことにした次第です。発行にあたっては、高校時代からの友人三氏に多大な協力を得ました。

伊藤一彦氏とは高校の新聞部時代からのつきあいです。人格・識見ともに優れている人物で、今や全国的な歌人となりました。多忙を極める彼には申し訳なかったのですが、「跋文」(後書き)をお願いしたところ、快く引き受けてくれました。大変うれしく思っております。

表紙の絵は長沼弘三郎氏に依頼しました。彼は開業医ですが、画家としても非凡で、美術展に何度も入選しています。本のタイトル『やぎさんゆうびん』に合うような絵が欲しいと話し、「夢ごこち」と名付けられた楽しい童画を提供してもらいました。

裏表紙と挿絵は吉田暎彦氏のものです。彼は同窓会会長として今でも私たちのまとめ役です。主宰していた絵手紙教室は昨年で閉めましたが、彼の温和な人柄があふれた作品は味があり、この本にも使いたいと申し出たところ、快諾を得ました。

持つべきものは友だと申しますが、本当にありがたく、彼らに心からお礼を申し上げる所存です。

また編集・発行にあたっては鉱脈社の藤本敦子様に親身に対応いただきました。無理なお願いも聞いていただき、ありがとうございました。

そして最後に、この本を手に取ってくださったすべての方へ、深く感謝を申し上げます。

令和七年三月

長友　克輔

目次

星野さんの緑色 213

跋 …… 伊藤 一彦 251

表紙絵：長沼 弘三郎
裏表紙、挿絵：吉田 暎彦

やぎさんゆうびん

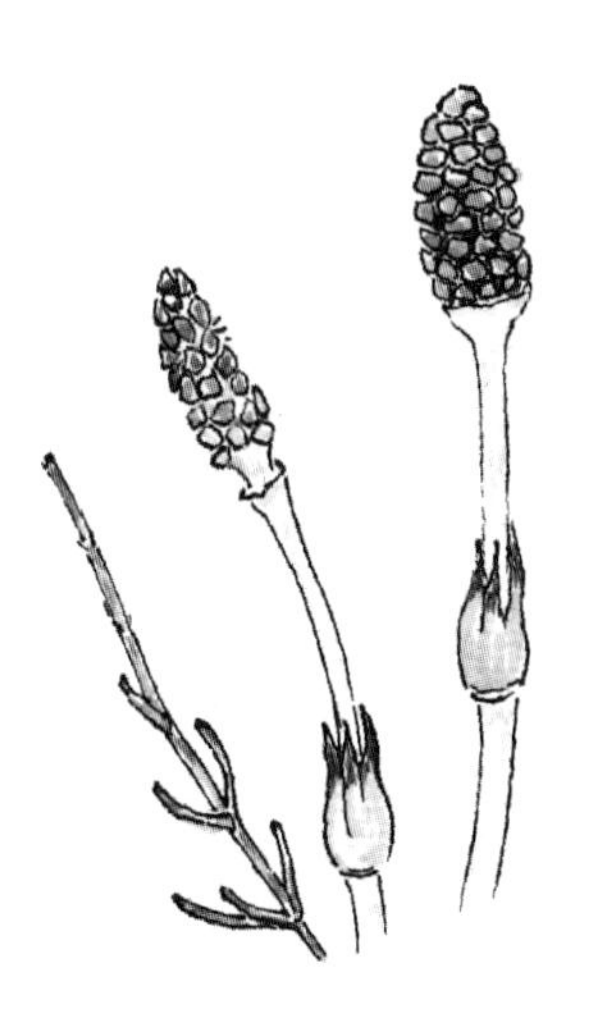

おでん三号

冬といえばおでんだが、家人は、作るとなると張り切って大量に作る。大鍋にあきれるくらい材料を入れる。

その方がおいしくできると言うが、大量に作るということは、その日は当然食べきれないわけで、次の日も食卓におでんが出る。作りすぎたときは、三日目も並んだりする。

私は別におでんが嫌いなわけではないが、なるべくならば、できたその日だけ食べたいと思っている。二日目からのおでんは、見ただけで満腹になってしまい、食べるのに軽い努力がいるからである。

私は初登場した日のそれを、「おでん一号」と名付けている。二日目以降はそれぞれ、「二号」、「三号」となる。さすがに「四号」はまだ経験がないが。

それはさておき、ある朝のこと、

「今日の弁当には三号が入りますよ」

家人から告げられ、反射的に辞退した。昨夜の二号が、まだ胃の中に居座っていたのである。

それで、その日の昼食は、会社の同僚がよく注文している日替わり弁当の業者に頼むことにした。中身が何であれ、三号を食べるよりはましだろうと、軽く考えての選択だった。

ところが昼休み、届いた弁当のふたをいそいそと開けてみたら、なんと、おかずは「おでん」だった！

宿命というものは、例えばこういうことであろうかと、少し分かった気分の一日だった。

左、加齢！

「加齢による」とは切ない言葉だ。

加齢は、あらゆることに顔を出す。腰が痛いと医者に行けば、

「加齢によるものです」

あっさり突き放される。

ゴルフでドライバーの飛距離が落ちたと嘆けば、

「加齢だから仕方がないよ」

仲間から慰められる。

テーブルの横をすり抜けようとして、なぜかその脚につまずいたりする。最近は実際の距離と感覚上のそれとが、微妙に狂って来始めた。これも間違いなく加齢が原因なのだろう。

問題は、車の運転にもその距離感の鈍さが出てきていることである。車体には、いつの間にか付けてしまったこすり傷が、あちこちにある。


家人は運転ができないので、いつも助手席に乗る。そして走っている間中、危なっかしい私の運転を心配して、車の左サイドを特に注意して見ている。

「何しろ『加齢』なんだから気を付けてよ」

うるさくそう言う。昔は華麗な運転技術を褒めていたのに。

先日も、狭い道路を抜けて左折しようとしたとき、家人は、

「左、加齢！」

大きな声で言った。左の角に自転車が止めてあったからだ。了解した私はさっと応える。

「右、ヒラメ！」

彼女はすぐには何のことかわからず黙っていたが、やがて、

「座布団一枚！」

笑って言った。（あとで調べたら、本当は〝左ヒラメに右カレイ〟だったが）

余計なお世話

あまり公表したくはないが、私の左足の指には、数年来の水虫が居る。治癒したと思っても、また忘れた頃に出てくる。ここ一、二年は姿を現さないが、油断はできない。

夏になると家では裸足でいることが多く、家人のチェックが入りやすい。今日も、私の左足の裏を覗いて叫んだ。

「あっ、水虫発見!」

痛くもかゆくもないし、現在水虫が活動しているわけでは決してないが、かすかに跡だけはある。それを取り上げて大げさに騒ぐのである。

「最近、水虫のお世話をしていないでしょ」

家人は追求してくるが、彼女の日本語はときどきおかしい。「お世話」とはなんのことだ？

「お世話とは水虫を保護しておきなさいということか？　大切に扱え、とか」

そう言うと、彼女は吹き出した。

「まさか、そんなこと言うわけがないでしょ。水虫がいないときでも、忘れずに薬を塗っておきなさいという意味よ。それより、庭のゴーヤのお世話はちゃんとしてる？」

彼女はそう言いおいて、そそくさと隣の部屋へ行ってしまった。

余計なお世話だ。そのゴーヤはもう私の背丈を超えて、黄色い花をいっぱいつけている。

外は梅雨の晴れ間の太陽がまぶしい。

八頭身

中学生の孫娘は、羨ましいほどスタイルがいい。足が際立って長いのだ。ジーパン姿になると、足の長さが身長の半分くらいあるように見える。つまり、二分の一が足、だ。

その二というのが強烈だったからだろう、私はつい、

「あの子は二頭身だね」

家人にそう言ってしまい、失笑された。

「それをいうなら八頭身でしょ」

そうだ、八頭身だった、とは思ったが、ふと疑問が生じた。

八頭身という言葉は、首から上の部分と下の部分の比率が一対七という意味らしいが、足のことには触れていない。頭が極端に小さい人は、例え胴長短足であっても、八頭身で

ある、と言うのか？

このことについてどう思うか、家人に訊いてみようかと思ったが、あきれ顔をされそうで、やめた。代りに、連想して思い出した光景があったので、それを話した。

――職場の上司が、直立した形から上体を二つ折りに前に倒し、指先で靴の先をつかんで見せたことがあった。もう定年近い人だったから、その体の柔らかさに私たちは驚き、称賛した。ところが、

「単に胴が長いから届いただけではないですかね」

誰かがそうつぶやいて、みんな笑い転げた……

家人は私の話を笑いながら聞いていたが、突然真顔になり、

「ところで、その誰かがというのは、ひょっとしてあなただったのではないですか」

と、鋭いことを言った。

「のに」と言うな

詩人で書家の相田みつをに、「のに」という詩がある。

「あんなに世話をしてやったのに、ろくなあいさつもない」で始まるのだが、

「あんなに一所懸命つくしたのに、などと『のに』がでるのは愚痴である。こちらが純粋に親切心だけでやったのではないからだ」といった内容が続く。内心では見返りを期待していたからこそ、不満が愚痴になって出たのだ、と彼は言っているのだろう。

会社で人事担当をしていた頃のことである。

ある日、高校時代の友人が短大生の娘を伴い、就職のことで訪ねてきた。私の会社ではすでに採用を終わっていたが、どこか他にないだろうかと相談に来たのである。

当時は今と違って学生の就職が非常に厳しかった。いわゆる「就職氷河期」である。感じの良い娘さんだったし、なんとかしてやろうと、私は履歴書を預かることにした。

仕事上のつきあいがある会社に片っ端から電話してみたがどこからも断られる。ようやく一社が面接をしてくれることになった。そして何日か後、そこから「内定を出しました」と連絡があったのである。

私はうれしくて、すぐにその会社へお礼を言ったのだが、当の友人からは何の挨拶もなかった。あれだけしてやったのに、と、胸の中のもやもやが治まらなかった。

そんなとき、冒頭の詩に初めて出会ったのである。お礼を言われるのが当然だという私の狭い心が、「のに」となって表れたのだ。「のにと言うな。そんな愚痴を言うな」と、この詩に鋭く叱責された気がした。

「よし、これからは見返りなど望まず、純粋な親切心で臨むぞ」。

そう決断してみると、人として少しは成長したように思えた。

その友人から「お歳暮」が届いたのは三カ月ほど経ってからだった。娘の就職のことを忘れていたわけではないのだな、と気分良く包みを開くと、中は缶ビールだった。その瞬間、

「あいつは、俺が酒を飲めないことをよく知っているはずなのに」

猛然と腹が立ったのである。しかし冷静になってみると、この「知っているはずなのに」の『のに』も、相田みつをが指摘しているのと同じ愚痴の表れであろうかと、少しも成長などしていなかった自分に、がっかりしたのだった。

経験豊富

私には弟が二人いるが、末弟の長男が九月にハワイで挙式することになった。現在当人が住んでいるのは福岡だが、流行の「リゾート結婚式」というものらしい。

ハワイとなると時間的にも経済的にも大変である。私はすぐ下の弟夫婦と、出席するかどうかを話し合った。弟は即座に言った。

「俺たちは遠慮するよ。遠すぎるし、仕事もあるし」

彼は会社を経営しているので、あまり長期には休めないのだ。

「それで、兄貴はどうするつもり?」と私に訊く。

「何しろ岡晴夫の『憧れのハワイ航路』を聞いた世代だからな。まだ一度も行ったことがないし、行こうかなと思っている」

すると彼は、

「俺はハワイに一度だけ行ったことがある。いつだったか、確かあれは……」

そう言いかけたが、急に声を落として言った。

「あれは、二番目との新婚旅行だった」

この弟はいわゆる〝バツ二〟で、今は三番目の妻と暮らしている。その妻を前にしての失言で、さすがにバツが悪そうな顔をした。

私はおかしくて思わず笑ったが、彼女はと見ると、「まったく……」と言いながら苦笑していた。仲が良くて幸いだ。

彼は最初の妻との間に男の子、二番目の妻とには女の子がいるが、それぞれすでに家庭を持っている。末弟の子どもは今回のハワイ挙式であり、これで私の甥や姪はすべて伴侶を見つけた。残るは私の次女だけである。

「結婚したくないわけではないのよ」

東京に住む彼女は言う。続けて、運命の人になかなか巡り合えなくて、と弁明する。そう言われると引き下がるしかない。だが、結婚を三回も経験した、この幸運だか不運だかわからない弟に言わせると、

「なぜたった一人の結婚相手も見つけられないのか、不思議でしょうがない」そうだ。

メジロの湯

「メジロが何羽か近くまで降りてきたけど、諦めて飛んでいった」

家人がそう報告してきた。

今朝は氷点下三度まで下がった。宮崎でも、年に一、二度はそんな寒い朝がある。庭の藪椿の下に、小鳥の水浴び用として水を入れた陶器の灰皿を置いているが、その水がガチガチに凍っていたらしい。

それは可哀そうにと、私は熱湯を入れたヤカンを庭に持ち出し、厚い氷の上からお湯をたっぷり掛けた。氷から白い水蒸気が上がっていく。

あらかた氷も解け、部屋に戻りかけてふと振り返ると、なんとメジロが一羽、椿の低い枝に来ていた。か細く、小さく、どう見てもまだ子どもだった。それがさっと灰皿のふちに降り立ち、嘴を水面につけたかと思うと、いきなり飛び込み、水浴を始めたのだ。私がお湯を注ぐのをどこかで見ていて、終わるのを待ちかねていたかのようだった。

いい湯加減だったのか、幼いメジロは気持ちよさそうに何度も羽をバタつかせている。やがて椿の枝に飛び上がり、水滴を振り飛ばし、身づくろいをすませると茂みに消えた。大きなヒヨや土鳩では絵にならないが、こんな小鳥の水浴びは何度でも見たい。心がなごむ。これから寒い朝には、いつも『メジロの湯』にしてやろうと、私は張り切った。もっとも、冬はそろそろ終わりで、薄氷さえ張らない春がもうすぐそこまで来ている。

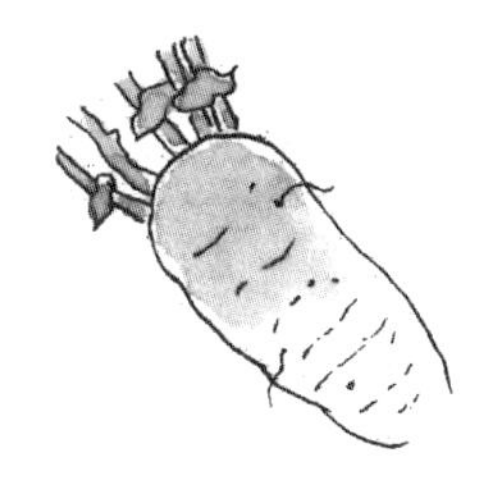

教えてくれてありがとう

十年ぶりに新車が来たのはうれしいが、付属のＥＴＣ装置が気に入らない。カードを挿入した状態でエンジンをかけると、

「ＥＴＣカードを確認しました」

と告げる。それはいいが、カードを外したままだと、

「カードが装着されていません」

始動するたびにどちらかを必ず言うので、うるさくてかなわない。

前の車にもＥＴＣ装置は付いていたが、普段はカードを外したままでいた。その状態では何も音声はなく、静かでよかった。それが当たり前と思っていた。

音が出ない方法を訊こうとディーラーを訪ねてみたが、詳しい者が席を外しているとか

で要領を得ず、

「しばらくそのままでお願いします」

と頭を下げるばかりだ。


家人を助手席に乗せて走っていたとき、私がこのことを愚痴ると、彼女はこう言った。

「その装置に、『ありがとう』と言ってみたら？　『教えてくれてありがとう』とそのたびに言うのよ」

そんなものかと私は試してみた。

「ＥＴＣカードを確認しました」

――「はい、わかりましたよ。教えてくれてありがとう」

「カードが装着されていません」

――「了解。どうもありがとね」

などと、そのつど搭載機と応答していたら、腹が立たなくなった。むしろ楽しい気分になるし、安全運転で行こう、という余裕も生まれるから不思議だ。

『教えてくれてありがとう』は、むしろ家人に対して言うべき言葉かもしれない。

ハンサム調査

シルバー人材センターに登録していると、ときどき変わった仕事が舞い込む。

今回派遣されたのは通行者数調査で、初めての経験である。午前九時から午後七時まで、通りを行き来する歩行者数を、男女別に数える仕事である。調査員は年配者だけと思っていたが、高校生も何人か参加していた。

私の持ち場は繁華街から少し離れた所だった。二人一組で仕事にあたるが、私の相方となった人は、三日前にもここで勤務したそうであった。

カチ、カチとカウンターを押す作業は簡単だが、休憩時間以外はその場を離れられないので、さすがに一日が長い。

「この前は、美人は二人だけしか通らんかった」

相方は言った。そんな余計な調査でもしないと時間が過ぎないそうだ。

お昼頃だった。前を通り過ぎようとした中年の男性が、私たちに気付いて立ち止まると、今来た方向を指さして言った。

「向こうで高校生がカウントしていたから、『ハンサムの調査でもしちょると?』と訊いたら、ブスッとした」

多分、高校生たちはそんな質問にどう対応していいかわからなかったのだろう。しかし私は、こんな楽しい人の相手をするのは大好きである。

「それは失礼しました。彼らは歩行者数を単純に数えるだけですが、実は私の組は特別に美男美女の調査もしているんですよ。あなたはハンサムだから、三つくらいカウントしておきますね」

彼は照れて笑い、軽く片手を上げて去って行った。残念ながらハンサムには少し遠いが、面白い人もいるものだ。

ようやく長い仕事が終わった。

「今日は一人も美人が通らんかったなぁ」

相方は言った。

消費税は僕が持つ

消費税十％への増税は、諸般の事情で延期になったようだ。個人的にはうれしい話だが、あとでしわ寄せの政策が押し付けられそうで、どうも気になる。

ところで、消費税についてはほろ苦い思い出がある。

あれは消費税が三％でスタートして間もない頃だった。当時、私の次女は高校生だったが、ある日、私には内緒で初めてのデートに出かけたらしい。

帰ってきた娘に、妻が興味津々に質問していた。

「お昼は何を食べたの？」

「デパートで三百円のカレーを食べた」

「もしかして彼が払ってくれた？」

「ううん、割り勘。でも、『消費税は僕が持つよ』と言ってくれた」

娘はにこにこして言う。妻も「かわいいね」と一緒になって笑っている。

しかし三百円の消費税は九円である。そんなわずかな金額に勿体付けるとは何事か。聞いていた私は思わず大声を出したのだ。

「そんなケチな男なんかやめてしまえ！」

妻も娘もあきれた顔で私を見た。それでその場は終わった。

私の発言のせいかどうかわからないが、結局のところ、彼とはそれきりだったようだ。私とすれば、願い通りの成り行きだった。

しかし今思えば、何もムキになることはなかった。当時の高校生の小遣いはたかが知れていて、彼も娘の分まで払う余力はなかったのだろう。それでせめてもの意地が、『消費税は僕が持つ』だったのだ。なんとも誠実な男ではないか。

娘は今でも独りでいる。あのとき私があんなことを言わなければ、その後も彼と続いていたかもしれない。そして……と、私はいつも自己嫌悪に陥るのである。

ギタジョとギタロウ

新しいことへの挑戦は認知症の予防になる、と聞いた。それもあって、ギター教室に通うことを決めた。七十歳のときである。昔から好きな、財津和夫の「サボテンの花」という曲を、いずれ弾き語りしてみたかったのだ。

先生はまだ若い男性だが、ユーモア交じりに丁寧に教えてくれる。しかし生徒の私は、不器用なせいか一向に上達しない。目的の曲まで二年はかかりそうな予感がする。それでも教室にいる同好の人たち七、八人と、ボロンボロンと弦を鳴らして楽しんでいる。

そんなある日、私たち生徒を前に先生が苦笑しながら言った。

「なんとかジョ（女）という言葉をよく聞くでしょう？　リケジョ（理系の女子）とか、レキジョ（歴史好きの女子）とか。いま都会では、ギタジョというのがはやっているそうですね。ギターを習う若い女性のことです。女子大生やＯＬが押しかけて、東京あたりのギターの先生は大忙しだそうです。しかしこの宮崎は、全然その気配がない……」

「お気の毒ですね」と私たちは笑った。先生も、たくさんのギタジョに囲まれて教えたいことだろう。だが昼間のギター教室に顔を出せるのは、定年を遥かに過ぎたギタロウ（老）ばかりなのだ。その上に生徒数は少ないから、先生の実入りも厳しいだろうな、と余計な心配までする。

ただ、ギタジョの参加を待っているのは、ギタロウの私も同じである。いいところを見せようと張り切って練習し、結果的に早く上達しそうに思えるからである。

こっちだけを向いて

小学三年生の孫娘は幼いときから体育会系で、友達はみんな男の子だった。テレビのアニメに出てくるような刀を振り回しては壁に傷をつけるし、高い木や塀の上にも平気で登る。河川敷でのサッカー教室からは、泥まみれのユニホーム姿で張り切って帰ってくる。いわゆる『ままごと』には、まったく興味を示さない。

極めつけは入学時のランドセルで、赤やピンクには目もくれず、真っ黒のものを選んだのには驚いた。それで私は、この子は自分が女性だと認識していないのではないかと、ひそかに心配していたのだった。

ところがある日、学校から帰った彼女は、母親（私の長女である）に向かって、涙ぐみながらこう訴えたという。

「私はね、いいなと思う男の子が、他の女の子を見ているのは嫌なの」

それを聞いた母親はドキリとした。娘はきっとクラスに好きな男の子ができたのだろう。しかしその彼は他の女の子の方ばかりを見ている。娘はそれが悲しくて、こっちだけを向いて欲しいと、胸を痛めているのだ。

「この年から恋のすれ違いに悩んで、何度もこうして傷つくかと思うと、切ないわ」

母親である私の長女はため息をつくのだが、

「それもこれも経験だし、大いにするべきだと思うよ」

などと軽口を叩きながら、私はひそかに、やれやれと胸を撫でおろしていたのである。

参観日

小学四年生の孫娘が熱を出して、学校を早引けしてきた。母親である私の娘は仕事で手が離せないため、私と妻が車に乗せて病院へ連れて行った。

医者からは風邪と診断され、薬を貰って帰ることになった。そのとき孫娘は医者に、

「明日、学校に行っていいですか」

そんな質問をしていた。医者は答えた。

「熱が下がれば行ってもいいよ」

それを聞いた孫娘は喜んでいる。

私は不思議に思った。普通なら、学校を休めるぞ、と嬉しがるところだ。それなのにどうして、「行きたい」などと言うのだろう。

夕方、通院のお礼に顔を出した娘に、妻が訊いた。

「明日、あの子の学校では何か大事な行事でもあるの？」

「明日は参観日なんだけど」と娘。

「ふーん、それなら参観日に何か発表する予定でもあるのかな」

私が言い終わらぬうちに妻は、そうか、と手を打ち、思いがけないことを言った。

「ひょっとしたら、ママを見せたいからではないかしら」

孫娘は普段から、「ママが大好き」と公言してはばからない。彼女にとっては自慢の母親なのだ。新学期になったばかりで、クラスの友達はまだお互いの家族の顔は知らない。孫娘はこの機会に、自分の母親がすてきだと、みんなから言ってもらいたいのだろう。真相は不明だが、妻の推察は当たっていそうだ。

そういえば私にもこんな思い出がある。小学生のころ、参観日に大好きな母の姿を見るのがうれしかった。何度も後ろを振り返って母を確認した。そのたび小さく手を振って応えてくれた姿が、今でも浮かんでくる。

孫娘の熱は次の日も下がらず、結局学校には行けなかったようだ。参観日デビューは、次に持ち越しとなった。

エースの証明

高校時代に野球部のエースだったA君は、体格が良くいかつい顔つきだが、気は優しく純なところもあるので、みんなに好かれている。

同期生の集まりのとき、口の悪い女子が、

「A君というと、大きく振りかぶったときではなくて、なぜかセットポジションで構えているところしか思い浮かばないのよねえ」

本人を前にして言った。ランナーを背負ったとき、盗塁を警戒するピッチャーはセットポジションで投げる。つまり、『いつもピンチだった』とからかったのだ。

「いや、それでも点はやらなかったぞ」

彼は必死に弁明していたが、そんなやりとりがいかにも彼らしい。

先日同窓会があり、そのときに私は当時の学校新聞をいくつか持っていき、みんなに見せた。母校の新聞部から借り出したのである。

その中に県の高校野球大会で優勝したときの記事があり、それを見つけたA君は大喜びした。そこには、「投手のAは三試合を完投し、エースとしての貫禄十分だった」と称賛して書かれていたからである。

「ぜひコピーさせてくれ。女房に見せるから」

彼は頼んできた。

「最近、俺のことをあまり尊敬していないようだから、野球部のエースだったという証明を見せれば、俺を見る目も変わるんじゃないかと思ってね」

もちろん冗談だろうが、半分は本気の顔をしている。

後日、私は彼に新聞のコピーを渡したが、そんな大昔の実績にどれほどの効力があるか疑わしい。ただわれらのエースが、A家での復権を果たすことを祈るばかりだ。

喪中休暇

私はある趣味の会で世話役をしているが、その一員にGさんという喜寿の男性がいる。当意即妙のユーモアを連発してみんなを笑わせ、煙に巻く。お酒を飲むことが何より好きで、二次会では真偽のほどが疑わしいロシア語で「ともしび」を熱唱する、愉しい人だ。

そのG家の親戚に不幸があったという。

「喪が明けるまで、会にはしばらく出席できません」

彼は残念そうに言った。人気者の不在は寂しいが、そういう事情なら仕方がない。

ちょうど同じ頃、私たちの会に新人が加入してきた。すぐに歓迎会を開くのが恒例だが、Gさんをどうするか考えた。

趣味の集まりでさえ自粛しているのだから、酒の席に出てくるわけがない。それでも一

応は知らせておかねば、と連絡したところ、

「行きます」と彼は即答したのである。

「本当にいいのですか。喪中でしょう？」

「はい、喪中はときどき途切れますから」

意味不明の言葉に思わず吹き出したが、彼の参加は喜ばしい。


新人歓迎会が始まった。彼はいつもに増して張り切って座の中心にいる。途中で誰かが、

「都合の良い喪中ですね」とからかうと、

「はい、今日は特別に喪中休暇を貰ってきました」

すまして応じたので大笑いになった。

そんな言葉は初めて聞いたが、『忙中閑あり』と言うのだから『喪中に暇あり』があっても、そう違和感はないように思える。


次週の趣味の会の日、時間になってもGさんが来ない。病気かと心配して電話をかけた、

「まだ喪中ですので……」

と彼は言いかけ、自分でも可笑しかったのか、ハハハと笑った。

おみやげは三つ

中学校の修学旅行といえば九州一周が当たり前であったが、最近は飛行機で関西や関東まで足を伸ばすようになったらしい。

知人の中学二年生の孫も、先日東京へ修学旅行に行ってきた。彼は祖父である知人の前に、おみやげですと言って、箱を三つ並べたそうだ。いずれも東京名物の、おこし、せんべい、まんじゅうである。

知人が喜んで三つとも頂戴しようとしたら、

「このうちの一つを選んで」

と孫は言ったという。仕方なくおこしを貰うことにしたそうだが、知人は、

「一つだけ選べ、だなんて」

と嘆く。

「しかしあなたはまだいい方じゃないですか。最後におみやげを貰う人は、選択の余地がないわけですからね。彼は大好きなおじいちゃんを最優先にしたんですよ、きっと」

私は笑いながら慰めたのだった。


ところで、私の孫も別の中学に通う同じ二年生で、昨日修学旅行から帰ってきた。早速みやげを届けにきたが、やはり三つだったので、ちょっと緊張した。まんじゅう一箱と、ミッキーマウスをかたどった赤、黒二つのキーホルダーだ。

知人の例があるので、「?」と彼女の顔を見たら、

「全部どうぞ」

にこにこしている。さすがは私の孫だ、と喜んだのだが、あとでキーホルダーの箱を裏返したら、値札がついたままだった。

「どっちもどっちで、今どきの中学生はかわいいものだね」

大笑いしている私の横で、思いのほか高額の商品だと知らされた家人は、

「かわいそうに。こんな高いものを買ってこなくてもいいのにね」

何度もつぶやいていたのである。

お迎えよ

東京に住んでいた叔父が亡くなって十年になる。後添いであるM子叔母は私と同じ七十五歳だが、いつも明るく元気な人だ。若い頃は旅行会社に勤務して全国を飛び回っていたが、保育士の資格も持っていたらしい。今では近所の保育園で、正職員なみに働いているという。

「ちょうど命日の日にお供えが届いたわ。ありがとう」

M子叔母からお礼の電話がかかってきた。妻が毎年欠かさず何か送っているのだ。叔母と話すのは昨年の今頃以来である。年賀状のやりとりはしているが、叔父がいなくなってしまうと、どうしても疎遠になる。

その後変わりはないかと尋ねると、

「実はね、そろそろ彼のところへ行こうかな、と思っているのよ」

急に沈んだ声になり、穏やかならざることを言う。何があったのかと、慌てて問いただした。

「いったいどうしたの？　体でも悪いの？」

いや、そういうことではないようだ。彼女が言うには、この世でやることは全部やったので、もう未練はない。あちらの世界にいつでも行ける状態、なのだそうだ。子どもが二人いるが、すでに家庭を持っていて、何も心配はいらないという。

「夕方、保育園に保護者が園児を迎えに来るでしょ。すると私が、『〇〇ちゃん、お迎えよ』と子どもを呼びに行くのね。それが近頃は、早くあの人も私を迎えに来てくれないかなあ、と思うようになったの。そうして誰かが、『M子さん、お迎えよ』と私を呼びに来るのを待っているのよ」

「うーん」と私は唸る。ジョークとは思うが、切実感があって笑えない。連れ合いを失い、永く独りで暮らしていると、情緒不安定になるのだろうか。うつ病というのはこんなことが原因でなってしまうと聞いたことがある。

私と妻、どちらが先でも、いずれ我が家にもそんな日が来るだろう。ちょっと考え込んでしまう。だが、まずは説得だ。

「孫の成長が楽しみだと、前に言っていたじゃないの。叔母さんらしくもない。早まったことをしたらいかんよ」

「あはは、びっくりした？　冗談よ、冗談。そうそう、おいしいイタリア料理の店を見つけたの。今度東京に来たら連れて行くね」

彼女の声はいつもの陽気さに戻った。完全に安心とはいかないが、ひとまず、叔父の「お迎え」は先に延びたようだ。

旅の恥はお湯に流して

萩、津和野は旅行客に人気のあるコースである。ただ、どちらも温泉地ではないのが残念だ。と思っていたら、たまたま宿泊した萩のホテルには温泉が引いてあって大喜びした。ところがここで、私は大失態を演じてしまったのである。

大浴場の奥の方に、お椀の形をした萩焼の大きな丸い浴槽が三つ置いてあって目を引いた。早速その中に身体を沈めると、五右衛門風呂の倍近い広さを独り占めできるし、窓の向こうに夕焼けの海も見渡せて、大満足だった。

あの快適さが忘れられず、翌朝早く、いそいそと再び大浴場へ行った。脱衣かごを引き寄せながらチラと中をのぞくと、あの丸い浴槽三つのうち二つには既に先客がいた。湯気の向こうに白い背中が見える。

他に人はいないようだし、一つ空いていれば十分である。安心して浴衣を脱ぎ始める。だがどこか違和感を覚えて、もう一度見た。引っかかったのは、その二人が頭に白いタオルを巻いていたことである。はて男があんな格好をするだろうか。

そのとき、はっとした。そういえば昨日ホテルにチェックインしたとき、

「朝は大浴場を交代しますのでご注意を」

とフロント係が説明したではないか。今朝、ここは女性専用になっているのだ！

慌てふためき、誰からも気付かれないうちに退散しようとしたが、遅かった。ちょうど外から入ってきた若い女性が「わあっ」と叫んでにらみつけてきた。私はあわてて浴衣を体に巻き付け、

「すみません、すみません」

ひたすら頭を低くして逃げ出したのである。


隣にある男湯に駆け込み、やっとひと息ついた。それにしても、と私は思い返す。さっきは先客がいてくれて本当に良かった。もし誰もいなかったら、私はお気に入りのお椀の湯船で鼻歌でも歌っていたことだろう。しかしそこへ女性の団体が入ってきて大騒ぎとな

り……ああ、想像しただけでぞっとする。

『旅の恥は掻き捨て』というが、この場合、旅のお湯はかけ流して捨てなければ。私はこれでもかこれでもかと体にお湯をかけ続けたのだった。

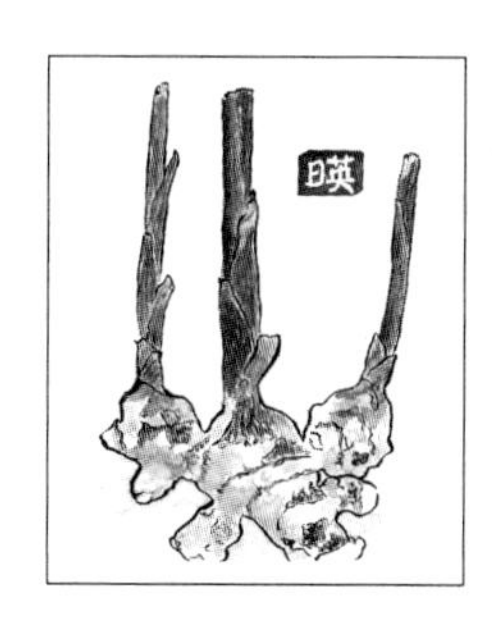

ピロリ菌の退却

郵送されてきた集団検診の結果にショックを受けた。血液による胃がんリスク検査で「D判定」となっていたのだ。ちなみに、正常な状態の胃はAで、以下B、Cと続き、最も危険性の高い区分が、このDである。

実は家人が少し前に同じ検査を受けたところ、C判定だった。リスクとなるピロリ菌の数がかなり多く、精密検査を要するという。

初めてのことで随分心配したが、病院で菌を除去する薬を渡された家人は、一カ月後の再検査で「異常なし」となった。やれやれと安心したのもつかの間、今度は私の番だ。

Cより厳しいD判定とはいったいどんなものなのか、同封の説明書を恐る恐る読む。きっと胃の中はピロリ菌の三密状態なのだろうと思っていたら、まるで違った。なんと、

『胃粘膜の萎縮が進み、ピロリ菌が胃に住めずに退却』だと書いてある。どうも私の胃は相当に荒れた状態にあるようだが、『退却』という表現に思わず笑ってしまった。

「これはひどい」

「ここは我々の住む所ではない」

などと口々に言いながらピロリ菌が撤退する様子を、ふと想像したのだ。

だがD判定はがんになる可能性が八十人に一人と極めて高く、のんびりはできない。すぐに内視鏡検査を受けたところ、幸いにも、発病はしていないと言われ、ほっとした。

ところで例のピロリ菌だが、私の胃の住環境がよほどひどかったのか、やはり退却していた。怖い菌ではあるが、名前も行動もどこか憎めなくて、居ないとなると少し残念な気がしないでもない。

大仏、笑ったよ

センター試験が行われ、本格的に大学入試のシーズンが始まった。私の孫娘も受験生なので気が気ではない。職場の昼休みにそんな話をしたら、同僚の一人が、

「五十年ばかり前に鹿児島大学を受けたのですが、結果発表の日のことを思い出しますよ」

と言った。

彼は西都市に住んでいたので、合格者の掲示を見に鹿児島まで行くには、お金も時間もかかる。三日もすれば通知が郵送されてくるだろうが、それまでは待てない。そこで彼は現地の学生アルバイトに、結果を電報で連絡してくれるよう頼んで、試験会場を後にしたという。

当時はまだ一般家庭に電話が普及しておらず、最速の通信手段は、電報だった。『サクラサク』や『サクラチル』が有名だが、そんな短い電文で合否を報せてくるのである。

やがて発表の日、頼んでおいた電報が彼のもとに届いたのだが、

「サクラジマフハツ（桜島不発）と書いてありましてね」

同僚は苦笑いしながらそう言った。

「それはつまり、不合格だという意味？」

私が訊くと、

「そうです。もし合格ならホクシンカガヤク（北辰輝く）でした」

と答えた。北辰とは北極星のことであるが、同大学の校歌『北辰斜めに』から採ったようだ。

「不合格が桜島不発なら、合格は桜島大爆発かと思ったのに」

誰かが言い、みんなで大笑いしたのだが、あの山が噴火したら大惨事になるし、何度もそんな事例はあったから、良い意味には使えなかったのだろう。

この同僚は結局一浪したが、どうしても鹿大に行きたくて翌年再挑戦し、

「今度は『ホクシン』が輝きました」

そう言って、彼は胸を張ってみせた。

インターネットで調べてみると、全国の国立大学でそのころ使われた電報文には、地方色豊かで楽しいものが多い。

合格のものだけ少し拾ってみる。

青森の大学は「ミチノクノハルキタル」で、富山は「タテヤマニアサヒノボル」とある。さらに三重では「イセエビタイリョウ」、高知は「クジラガツレタ」といった具合だ。

ところで孫娘が受験する女子大学は何だろうと調べたが、載っていない。ただ同じ県の別の大学は、「ダイブツヨロコブ」とある。不合格なら「ダイブツノメニナミダ」だ。その県の象徴である大仏が合否どちらにも使われ、わかりやすい。「大仏の目に涙」という電文は初めて知ったが「桜散る」や「桜島不発」のように突き放した言いかたではなく、敗者をいたわるような優しさがあって、好ましく思った。

孫娘の家へ激励に訪れたとき、そんな文例を幾つか書いたメモを見せながら、

「どうだ、おじいちゃんの若い頃の電文は、ユニークで面白いだろう?」

彼女に言ったら、

「へーンなの」

あっさり笑われてしまった。

考えてみれば、十八歳の娘にこんな古い話をしても「あ、そうなの」と思うだけで、まともに取り合うはずがない。そもそも電報など、この世代には死語に近いのではないか。つまらないことを言って祖父の威厳も形なしになった、と自分に腹を立てたが、

「まあとにかく頑張ってこい。大丈夫だ」

照れ隠しに孫娘の肩をポンと叩き、二次試験へと送り出したのである。

いまどきの合格者発表は、現地に行かずともパソコンやスマホで瞬時に見ることができるようだ。当日の朝、やきもきしている私の携帯に、孫娘からメールが届いた。恐る恐る開けた。

「大仏、笑ったよ」と書いてあった！

私は不覚にも涙がこぼれ、声もかすれてしまったがそれでも構わず、

「おーい、合格したぞ」

奥にいる妻に叫んだのだった。

やぎさんゆうびん

急な連絡に何かと不便なので、妻にもスマホを持たせることにした。

彼女はもともと機械類に弱いし、「私は固定電話で十分よ」と言い張り、最新型のスマホを渡したのにあまりうれしそうな顔をしない。

少しずつ教えているが遅々として進まず、『電話をかける』『電話に出る』といった基本操作さえ、まだおぼつかない。ただ、ショートメール（SMS）については、「了解しました」という一文をやっと返せる程度にはなった。

妻のスマホに、A子さんという友人がよくSMSを送ってくる。このA子さんはメールを打つのが大好きとのことで、本当は電子メール（Gメール？）で長い文を送りたいらしい。

そこで妻に、メールアドレスを教えてほしい、と言ってきた。

私が代わってそれを伝えると、彼女はさっそく長文のメールを妻に送ったようだ。妻に頼まれてそれを開こうとしたのだが、白状すると、実は私自身、Gメールを利用した経験がない。いつもラインかSMSで済ませていて、スマホ画面のどこを触ればそれが読めるのか、あちこちいじってみたがさっぱりわからない。

「お手上げだ」と私は言った。

仕方がないので、妻はA子さんに、

「さっきのメールの用事は何だったの?」

と電話していた。それを横で聞いていて、童謡の『やぎさんゆうびん』をふと連想した。歌詞の中に、「さっきの手紙のご用事なあに」という一節があるからだ。どこか似ていて、つい笑ってしまった。

結局このメールは、次に妻がA子さんと会ったときに、操作を習いつつ開けて読むことになったという。それまでは放っておいて良いそうだから、さしたる用件ではなかったということだろう。あの童謡にやはり似て、のんびりした話である。

やぎさんゆうびん Ⅱ

過日、地元新聞のエッセイ欄に、私の『やぎさんゆうびん』が掲載された。新聞の威力は大きく、思いもかけぬ人から「読みましたよ」と声をかけられた。会社の後輩だったE君もそうで、この十年あまり音信がなかったのだが、電話をくれて、

「今度知り合いにスマホの手ほどきをしますが、奥様もどうですか？」

と言った。

彼は会社ではパソコン関係の仕事が長く、スマホにも精通している。定年退職して数年経つが、最近は高齢者に時おり講習会を開いているという。

上手になろうという意欲のない妻はこの話に渋ったが、覚えてもらわないとこちらが困るから、と説き伏せ、送り出した。

半日の講習会から妻は帰ってきたが、さして疲れた様子はない。すぐにスマホを開き、操作しては、

「なるほど、そういうことね」

などとつぶやいている。復習しているのだろう。もともと真面目な性格だから、しっかり勉強してきたはずだ。うん、その調子、その調子、と私は笑って見ていた。

次の日、私がラインで文字を打ち込んでいると、妻が私の手元をのぞきこんで、言った。

「確か、声に出せば文字が出る、と習った気がする」

時事用語や店の情報などを検索するときにそんなシステムを使ったことはあるが、ラインでも音声入力ができることは初耳だった。しかし彼女は、疑わしそうにしている私からスマホを取り上げ、

「どこを押すのだったかなあ」

と言いながらあちこち触り始めた。そしていきなり、

「こんにちは。ご無沙汰しています」

スマホに向かってしゃべると、何とその言葉がそのまま、ラインの画面に文字として現れたではないか。句読点も正しくついているし！　小さな修正はあとですれば良いらしい。

私は妻の急激な進歩に仰天した。あの超初心者がわずか数時間の講習でそこまでいくとは。スマホ歴五年になる私だが、もはや「黒やぎさんみたいだ」などと茶化す余裕はない。そういえば、馬鹿にしていたのろまな亀に追い越された兎の童謡があったなと、私はぼんやり思ったのだった。

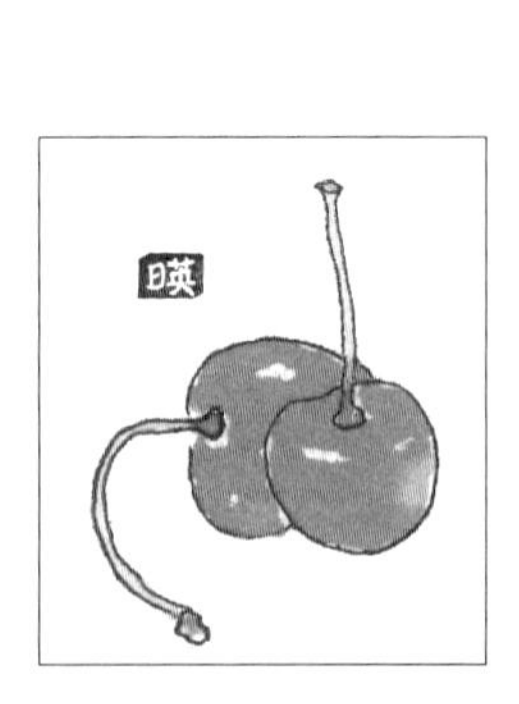

雪の中から

北海道に住む次女が「車のキーを失くした」と言っていたのは、昨年暮れのことだった。スペアキーはあるので運転に支障はないが、ずっと気になっていたという。それが四月になったばかりの今朝、車庫の近くで見つかったそうだ。ここ二、三日は寒さが緩んで雪が一部解け、そこに失くしていたキーが姿を現したという。

「すっかり冷たくなっていた」

電話の向こうで娘は笑っていた。

そのことから、昔娘たちに読んでやった童話の一つを思い出した。

――ある冬の日、主人公の女の子の家に幼稚園の友だちが遊びにきたのだが、彼女が帰った後、兎のぬいぐるみがなくなっているのに気付いた。その友だちは「私も欲しい」とぬいぐるみに頬ずりしたり抱いたりしていたから、黙って持って帰ったに違いない——女の子はそう思った。幼稚園では一番の仲良しだったのに、それからは気まずくなってしまった。

四月になり、親の転勤でその友だちは遠くへ引っ越していった。ところがその後に、解けた庭の雪の中からあの兎のぬいぐるみが出てきたのである。何かの拍子に外に落ちて、そのまま雪に埋もれたのだろう。

「ずっと疑っていてごめんなさい」と女の子は泣いた……そんなストーリーだった。

春になって雪が解けたら、その下から失くしていたものが出てきた——

「そんな経験は俺にもあるよ」

札幌の友人が言っていたから、雪の多い地方ではよくあることらしい。

ということは、数年前、親には事後承認で北海道へ渡った娘だが、車のキーの一件は、彼女が今や『雪国の住人』となった証かもしれない。

氷点下二十度、などとテレビが報じるたびに、

「宮崎は暖かいぞ。帰ってこないか」

いくら翻意を促しても反応が薄かった。その理由の一つは、『住めば都』を味方につけた、ということだろうか。これは難敵である。

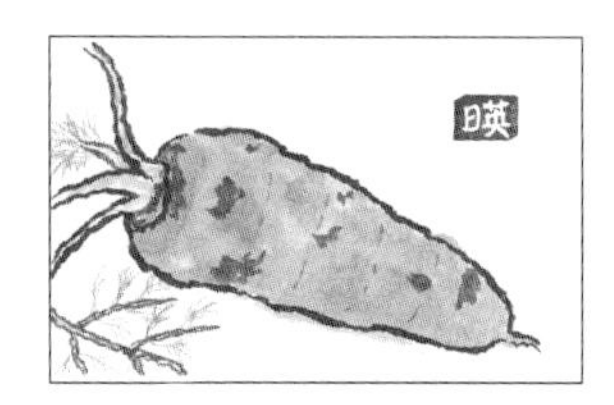

海軍クラリネット

市民文化ホールでクラリネットの演奏会があった。若い女性奏者による、一時間ほどのコンサートだったが、初夏の季節にふさわしい、さわやかな音色を楽しむことができた。

演奏会の後半に「海軍クラリネット」というのが紹介された。元海軍音楽隊クラリネット奏者で、戦後は県警音楽隊で活躍された矢野務さん（西都市出身）という方の遺品だという。海軍音楽隊で使用されていたのでそう呼ばれているのだろう。矢野さんはこれを戦艦大和の船上で吹いたこともあるという。見るからに歴史を感じさせる楽器だが、今回特別に調律され、披露されることになったようだ。

「ではこの海軍クラリネットを使って一曲お届けします」と奏者が挨拶し、ピアノの伴奏とともに流れてきたのは「軍艦マーチ」だった。守るも攻むるもくろがねの……という、あの勇壮な曲である。

幼い頃はこの曲が大好きだった。ラジオでこの曲が流れると、いつも大声で歌った記憶がある。だがこの日、歯切れよくホールに響く軍艦マーチを聴いているうちに、なぜか胸が詰まり、涙が出てきたのである。露営の唄や若鷲の歌など、幾多の軍歌に鼓舞され、どれほどたくさんの兵士が戦場に駆り出されたことだろう。父や叔父たちもそうだった。そしてそんな人々の犠牲の上に今の平和がある。私も生きていられる。そんな思いがこみ上げて、涙がこぼれたのだった。

ただ、周囲を見渡しても、私のように感傷的になっている人は見受けられない。手拍子も出るほどで、単純に演奏を楽しんでいるようだった。戦後すでに七十五年も経過しているのだから、やむを得ないことなのだろう。

アンコール曲は一転して「クラリネットをこわしちゃった」だった。コミカルでリズムよくＮＨＫの「みんなのうた」で人気のあった曲である。海軍クラリネットの音色も、心なしか明るい。そしてうろ覚えの歌詞を口ずさんでいる私も、次第に晴れやかな気分になっていったのである。

夏休みの宿題

夏休みも終わる頃になると、今でも浮かんでくる苦い思い出がある。

小学二年生のときだった。いわゆる「夏休みの友」やほかの宿題はすべて終わっていたが、絵画制作だけがまだ残っていた。苦手なので後回しにしていたのである。

それでも期日は迫るし、仕方なく縁側で画用紙を広げ、庭の木々の写生をすることにした。しばらく描いていると、その日たまたま我が家に立ち寄っていた父の弟が、私の絵をのぞきにきた。

「お前は下手だなあ。どれ、クレヨンを貸してみろ」

そう言うなり彼は新しい画用紙に手早く何か描き始めた。

やがて出来上がったのは、金太郎が熊を頭上高く持ち上げている絵だった。躍動感があり、まるで絵本を見ているようだ。あまりの上手さに私はあっけにとられ、その反動で写生を続ける意欲を失ってしまった。

夏休みが終わった。だが形だけでも絵を加えなければ、宿題はすべて揃わない。切羽詰まった私は、その叔父の作品に自分の名前を書き、母に内緒で学校に持って行ったのである。

誰が見ても子どもが描いた絵ではないとわかるはずだ。だから担任から、

「こんなインチキをしたらいかん」

きっと突き返されるだろう。そのときは素直に謝り、絵は持って帰るつもりでいた。しかし、なぜか担任は黙ってそれを受け取ったばかりか、数日後、上手な他の生徒の絵とともに、教室の後ろの壁に貼り出したのだ。

今さら取り下げもできず、私は焦った。なぜなら、すぐに参観日が来るのだ。案じていた通りだった。金太郎と熊の絵を見つけた母は、恥ずかしくて顔を上げられなかったと怒り、その夜は父親からも散々叱られた。

クラスの誰も、特に非難めいたことは直接言わなかった。しかしどことなく空気は感じられて、翌日からの教室は針のむしろであった。

ただあれから数十年後に、同じような事例を目にしたのだ。

娘が小学一年生のときだが、夏休みの自由研究を提出することになった。娘が何を出したかはもう忘れたが、クラスに朝顔の生育状況をまとめた子がいた。その研究内容が優れているとして、参観日に担任は発表させた。

模造紙三枚を使った力作だった。説明用の絵は上手だし、書かれていた文章も、どう見ても七歳の子どものものとは思えなかった。その日参観していた保護者たちは顔を見合わせ、これはないよね、とうなずきあったのである。


思うに、このようなことは現在の小学校でもあるのではないだろうか。もしそんな作品を生徒が持ってきたとき、先生たちはどう対処しているのだろうか。一度訊いてみたい気がする。

その点で、あの日私の担任がとった対応にはどんな意図があったのか、と思う。

まさか、本人が描いたと疑わなかったのだろうか。いや、

「こいつは数合わせで他人の絵を出したのだな」

わかった上で受け取ったに違いない。だがそれなら、後ろに貼りだすことまではしなか

っただろう。

では、私に無言の叱責を行うためにしたのか。壁に展示することで、大いに反省を促す目的があったのだろうか。

まさにその通りの結果になったわけだが、そこまで考えての措置だったとも思えず。今となってはあれこれ想像するしかない。

それはともかく、私が恥ずべき行為をしてしまったのは、消えない事実だ。だがこの経験がまったくの無駄とはならなかった気もする。誰も見ていないからと、小さな不正へと心が動く場面は、これまで幾度となくあった。そのたびになんとか道を外れずに来られたとすれば、あのとき感じた針のむしろの痛みを、いつまでも覚えているからだと思うのである。

妻爆睡(ばくすい)　ねじ切れるほどに　ベルは鳴り

私は朝が早い。五時半ころには起き出す。白湯を飲みながら新聞を隅から隅まで読み、テレビで古い時代劇を見たりして、妻が起きてくるのを待つ。

午前七時。寝室で目覚まし時計が鳴っている。彼女は昨夜遅くまで起きていた。録画していたテレビドラマがいくつか溜まり、その消化に時間がかかったと思われる。普通は五回も目覚まし音が続けば起きるのだが、よほど眠いのだろう。熟睡しているようだ。

目覚まし時計はまだジリジリと鳴っているが、妻が起きる気配はない。確かに寒い朝だが、まさか冬眠したのではないかと疑うくらいだ。

私は寝室に向かって叫んだ。

「時計をいい加減止めないと、ねじ切れるぞ！」

さすがに妻は「はーい」と返事し、ようやく目覚まし音は静かになったが、しばらくして言った。

「ねじ切れるって、何か変じゃない?」

確かに、巻いたねじはむしろ緩んでくるのであって、ねじ切れるはずはない。それに、目覚まし時計のベルが鳴るのは、別にネジを巻いているわけではなくて、そんなシステムになっているからなのだ。それでも私には、苦しそうになり続ける目覚まし時計は、そのうちねじ切れてしまいそうに思えて仕方なかったのである。ねじ切れるという表現には何か不思議な現実感があって、しばらく一人で笑い続けたのだった。

妻が朝食の準備にかかっている間に、川柳らしきものが作れそうな気分になり、表題作のほか幾つかをノートに書いてみた。

目覚ましも諦めにけり妻爆睡
冬眠でなければ起きよ妻爆睡
目覚まし鳴る声枯らせども妻起きず
春眠でなく冬眠か妻爆睡

まだ次々とできそうであったが、このくらいで止めた。妻の名誉がかかっているので、幾ら作っても発表するわけにはいかないのである。

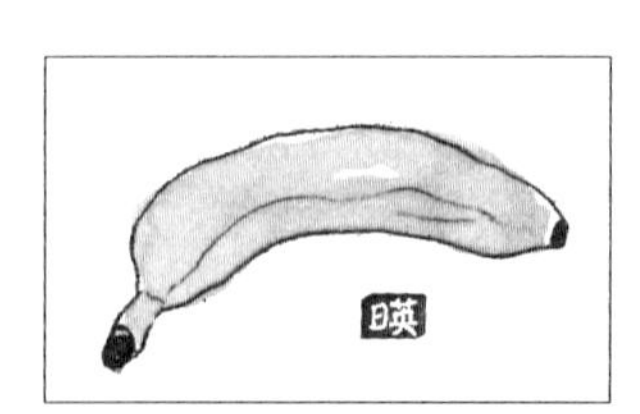

時の哀（かな）しさ

二年ほど前だったか、久しぶりに会った友人から、「時の哀しさ」とはどんな心情だと思うか？　と訊かれたことがある。

なんでも中学校の国語の時間に、担任が「時の哀しさ」という言葉についての話をしたという。しかしどんな内容だったか何も覚えてなくて、その言葉だけが印象に残ったそうだ。最近になって、あれはどういう意味だったか気になり始め、納得いく答えを探しているそうであった。

考えられるのは、年を取って動作が昔のようにいかなくなることを嘆いている、ということだが、ほかに何かあるかもしれない。すぐには答えられず「少し調べてみるよ」と言ってその日は別れたが、この美しく切ない言葉は、私の胸にも深く刻まれたのである。

インターネットではヒットしなかった。次に、当時（六十数年前）の教科書にその言葉があるかもしれない、と考えた。出版した会社を探すため市の教育委員会に問い合わせたところ、「はっきりしないが、M図書ではないか」との返答だった。ここは現在でも小中学校に教科書を納めていて、私も知っている出版社である。

メールを送ったところ、すぐ返事が来た。向こうも「時の哀しさ」という言葉に興味を持ったようだった。しかし何しろ大昔のことなので、しばらくかかる、ということだった。それから一週間ほど過ぎて、返事が来た。「当時の教科書、副読本まで目を通しましたが、それらしい言葉は載っていませんでした。申し訳ありません」と親切な対応だった。当事者である友人の担任もこの世にいない今、これでその心情を知る手立てはなくなったのである。

それが先日、闘病の末に亡くなった知人の葬儀に参列し、遺族を見ていてふと分かった気がしたのだ。愛する近親者を失くした人は、例えば一年前の、故人が元気だったときに戻れたら、と思うことがあるだろう。死を避ける何らかの対策が取れた可能性があるからだ。しかしそれが叶わぬ現実に、悔しさやもどかしさを感じるのではないか。それが「時の哀しさ」と表現される心情ではないだろうか――そう思ったのだった。

さて友人は、その後どんな答えに巡り会っただろうか。もし心に沁みるような「時の哀しさ」があったら、その話をじっくり聞きたいと思う。哀しさの先に希望を見出した人生が、そこにはありそうな気がするからである。

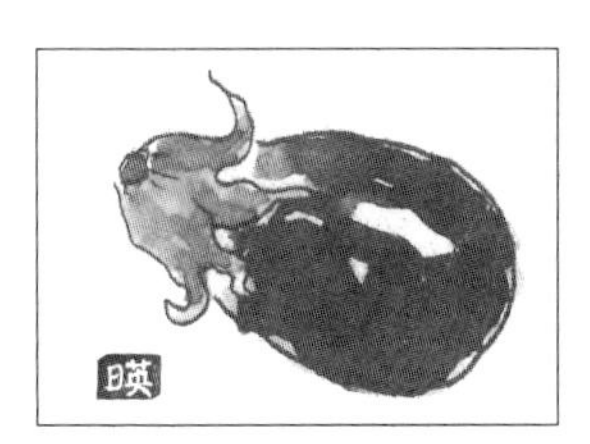

思い入れ

「舟を編む」という、辞書作りに勤しむ人たちを描いたテレビドラマを興味深く見た。辞書を引く場合、普通はそこに書かれている説明が唯一のものと考え、他をあたることはまずないだろう。しかしこのドラマの中で編集者は、どんな表現がその言葉に最もふさわしいか、懸命に検討を重ねていた。そうやって考え抜いた〝思い〟を、そこに記そうと努力していたのだ。

私はこれまで、語句の意味はどの辞書を引いてもそれほど変わらない、と思っていた。しかし一つの言葉に対し、編集者がそれぞれ独自の語釈を記載した事例は、結構多いのかもしれない。

そういえば、高校で就職指導員をしていたときに、こんなことがあった。

当時、高校新卒者は、せっかく就職しても三年以内にその五割が辞めていた。自分が考えていた世界と現実が違いすぎて、それに耐えられなくなるのである。人間関係が理由と言う場合も多い。しかし、まだなんの技術も身に付いていない段階で転職するのだから、もっと条件の良いところに就職できることは、ほとんどない。

そこで私は生徒たちに「実社会では我慢できずに辞めたくなることがよくある。しかし転職しても、そこでまた同じようなことは起きるだろう。給与も最初のところより低くなるケースが多い。だから辛抱することが大切だ。辛抱から逃げると貧乏が待っているぞ」と、冗談まじりにそんな話をしていた。そのこともあって、何気なく「辛抱」という言葉を辞書で引いてみたのである。そこには
「辛いことや苦しいことを我慢すること」とあった。常識的な解釈だが、少し物足りなさを感じて別の辞書でも調べてみた。すると、

「環境の苦しさに耐え抜いて、向上心を持ち続けること」と書かれていたのである。

思いもかけない語釈に私は衝撃を受けた。『我慢する』だけではない。我慢していればいつか状況は好転するよ、と励ましているかのようだ。今思えばこれは、辞書編集者の〝思い入れ〟の一例だったのだろう。

もし辛い毎日に悩む人がこの辞書に出会い、「もう少し頑張ってみるか」という気になったとしたら、編集者にとってこの上ない喜びであるに違いない。

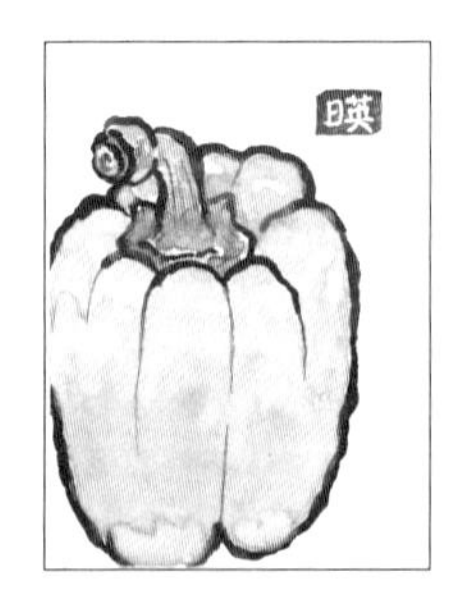

冷蔵庫はまだか

国産冷蔵庫の第一号は昭和二十七年に発売されたという。サラリーマンの月収の十倍ほどという価格だったので、一般家庭への普及には相当の年月がかかったようだ。もちろん私の家には無縁の話だった。

最初に冷蔵庫を見たのは、昭和三十年の夏だったと思う。母が親戚の家を訪問するのに、小学五年生だった私もついて行ったときのことである。

玄関の呼び鈴を押したが返事がない。勝手口に回った母がそっとドアを開けると、男ばかり四人の幼い兄弟がこちらに背を向け、ひしめき合って床に座っているのが見えた。

彼らの対面にあったのは白い箱（それが冷蔵庫というものだった）で、その扉は開かれていた。親が外出しているのを幸いに、彼らはそこから出てくる冷気で涼んでいたのである。その様子に母は吹き出した。だが私は、冷蔵庫にはそんな使い道もあるのかと、感心して見ていたのだった。

少し照れくさいが、冷蔵庫にはもう一つ思い出がある。

中学生のとき、友人の姉が結婚して近くに新居を構えたというので、二人して遊びに行ったことがある。

バスガイドをしていた彼女は、美しい人だった。いつだったか彼の家で、風呂上りの彼女が、ピンクに染まった胸元へうちわで風を入れているところを見たのである。女性の色気というものを初めて感じ、どぎまぎしたのだった。

その人が〝新妻〟なのだ。あらぬ妄想が頭を占め、部屋を案内されても上の空だった。

新居の台所には真新しい冷蔵庫が置いてあった。珍しそうにしていると、彼女は扉を開け、四角い小さな氷の粒を二つ、私の手のひらに乗せた。

「口に入れてごらん。冷たくておいしいから。冷蔵庫ではこんな氷ができるのよ。いつでもいらっしゃいね」

彼女は艶然と微笑んだ。しびれるほどのうれしさと冷たさとおいしさだった。

冷蔵や冷凍といった本来の機能のほかに、クーラーがわりに冷風を出すし、氷も作れるという冷蔵庫は、なかなか我が家に来なかった。待ち望んだ夢が実現したのは、それから更に数年経った、昭和四十年ころのことだ。早速氷を作って口に含んでみたのだが、もはやあの日の甘美さはどこにもなかったのである。

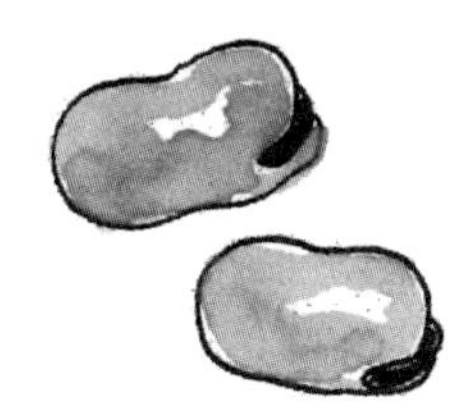

太陽をこころとして

歌人伊藤一彦氏著作の『若山牧水の百首』という本を読んだ。なじみ深い歌が多く解説も楽しいが、最後の一首は初めて目にするものだった。

数年前、篤志家から県立図書館へ寄贈品があった中に、牧水歌集未収録のこの歌の遺墨があったそうだ。

降ればかくれ曇ればひそみ晴れて照る　かの太陽をこころとはせよ

リズムが良く、さらっとしている。内容もすばらしい。伊藤氏はこの歌を絶品と評し、結びの百首目に入れているが、よくぞ世に出てくれた、という喜びが伝わってくる。

太陽は自分から動くことはない。何が起ころうと自然体でいる。世知辛い世の中を平穏に過ごしていくには、そんな太陽を倣い、笑みを絶やさず泰然と生きなさい——歌の意はそういうところだろうか。

だがそんな生き方をするのは容易ではない。実行できている人などまれだろう、と見渡したとき、一人だけ、それもごく身近にいるような……

「私には他人より優れたものは何もないから」と言い、常に一歩下がって笑顔でいられる人だ。だがしっかり自分の意見は持つ。他人をけなさず、ただ褒める。そんなことから人間関係はすこぶる丸い。感情がすぐ顔に出る私は教えられてばかりだ。

結婚して半世紀、この人の生き方に触れながらここまで来た。思えば何と贅沢な時間だったことだろう。

(いや、こんな照れくさいこと、本当はこの世を去る直前に、そっと告白するつもりだったのだ。どうも牧水の歌に触発されてしまったようである)。

ラストダンス

知ったかぶり

私が面接試験を初めて受けたのは大学四年生の夏である。両親は宮崎での就職を望んでいたし、私もそうするつもりでいた。しかし大学時代を過ごした東京で、一社だけでも挑戦してみたいと思った。

雑誌の編集に興味があったので、ある大手出版社に願書を出した。ところが試験会場に行ってみると、二、三名しか採用しないのに、体育館一杯に受験者がいる。その瞬間、ほとんど無理だとわかった。

とにかく筆記試験を受けた。問題を一つだけ覚えている。ふりがなを付ける問題に「紙魚」というのがあった。国語には少し自信があったが、この読み方だけはどうしてもわからなかった。悔しくて、いまだに記憶に残っているのである。（正解は「しみ」である）

筆記試験が終わるとすぐに面接だった。

事前に提出していた履歴書の趣味の欄に、私は何気なく「読書」と書いていた。これが悲劇の始まりだった。

面接官が履歴書を見ながら、

「趣味は読書とありますが、最近どんな本を読みましたか?」と訊いてきた。

その頃の私は麻雀とパチンコに明け暮れて、本を読むことなど忘れていた。それでも何かなかったか、と焦る。ふっと、一週間ほど前に買った文庫本のことを思い出した。石川淳という作家の「焼け跡のイエス」というタイトルの短編集を、友達から勧められて買ったのだった。この表題作が、当時ちょっと話題になっていたと思う。だが最初の一、二ページだけ読んで、あまり面白くなかったのでそれきりにしていた本だった。

だが、何か答えないといけない。まあ石川淳なんて聞いたこともない作家だったから、面接官もあまり知らないだろうと判断した。そこで堂々と、最近読んだ本として「焼け跡のイエス」の名前を挙げたのだ。

私は浅はかだった。普通の会社ならともかく、いやしくも大手の出版社を受験しているのだから、石川淳のことを知っている面接官がいるのは当たり前のことだ。それどころか、この作家とは顔なじみという人さえいたかもしれない。

面接官はすぐに質問してきた。

「その小説はどういうことをテーマにしたものでしたか？」

終戦後の焼け跡にイエスと呼ばれる汚い身なりの少年が登場するところから始まっていたことは覚えている。しかしすぐに放り出したのだからテーマなど答えられない。しどろもどろでいい加減なことを答えたような気がするが、あまり思い出したくない。穴があったら入りたい、とはこのことだとわかった。

面接はすぐに終わって、もちろん、不合格の通知がきた。

それ以降、『知ったかぶりはしないこと』というのを私の信条にした。あまりよく知らないことは「知らない」と答えておくに限る。生半可な知識を振りかざしていたら、大やけどを負う。

二百ページ足らずのその文庫本は、いましめとして本棚の目に付くところに置いている。見るたびに苦い思いがよみがえるが、大切なことを学ばせてくれた本である。

赤い髪の少女

昭和六十二年夏、宮崎交通㈱で人事課長になったばかりの私に、ある高校の就職担当の先生から電話があった。

「合唱部の部長をしている生徒がバスガイドになりたいと言っているのですが」と言われる。

バスガイドは歌がある程度上手でないと務まらないから、それはもちろん大歓迎の話だ。おまけにその高校の合唱部は県内一と言われている。それでは何が問題なのかというと、『その生徒の髪の毛が赤い』ということだった。

当時は、バスガイドが髪を染める、いわゆる茶髪は厳禁だった。何しろ昭和六年に始まる長い歴史を持つ当社のバスガイドは、〝緑の黒髪〟が常識だった。それをよく知っている先生は、試験を受けさせてもらえるか心配になったのである。

「でもその子の髪は地毛なんですよ。染めているのではなくて、地毛が赤いのです」と先生は訴える。

「赤毛のアンみたいなんですね」私が言うと、

「そうです、そうです」受話器の向こうで先生の声のトーンが上がった。


私の上役には人事部長と担当の専務がいたのだが、この生徒をどうするか、若い部員を交えて侃々諤々の大議論をした。人事部長は、

「観光バスに乗られたお客様には、地毛なのか染めているのかはわからない。だから、あの歴史ある会社のバスガイドが赤く髪を染めていた、と評判になっては困る」と反対する。専務も同じ意見だ。この二人は人事の仕事が長い人たちだし、年齢的にもかなり上だったから、保守的な考えになるのは当然だ。

しかし私は人事部に来たばかりで、若かったし、しがらみもない。前例がなければこれを新しい事例にすればよい。髪が赤くても本人に責任はなく、そのことでなりたい職業に就く機会を防ぐのはかわいそうではないか、と主張した。

私の意見は一応正論であるから、若い部員たちもそれに賛同した。

(本心を言えば、『合唱部の部長』というのに興味があったし、そのころのヒット曲「長い髪の少女」ならぬ「赤い髪の少女」というのを見てみたかったのだが。)

渋っている上司にもう一押しして、

「とにかく試験を受けさせて、成績が悪ければ落としましょう。髪の色については、どの程度なのか実際に確認してみようではありませんか。もし、やはりまずいようなら不採用にすればいいいし、黒く染めることを採用の条件にしてもいいではないですか」と言った。

そして議論の末、私の意見は通ったのだった。


まず筆記試験をした。百人ほどいた応募者の中でも、その生徒はトップに近い成績だった。

次は面接である。彼女を正面から見ると、なるほど赤い髪だが、気になるほどの赤さではない。彫の深い顔立ちで、美人と言っていい。質問への受け答えもしっかりしている。

最後が歌唱力の試験である。バスガイドの場合は、歌謡曲でもポップスでも何でもいいから、アカペラで一曲歌ってもらうようになっていた。いくら容姿が良くても、あまりに歌が下手では困るから、念のために行うのである。

彼女は合唱部の部長であるからきっと上手に歌えるだろうし、どんな曲を聞かせるのかも楽しみだった。

「『赤とんぼ』を歌います」起立した彼女は言った。誰もがよく知っている名曲である。私を含め面接官たちは、かたずをのんで見つめた。

ところが、彼女の独唱はあっという間に終わった。それもそのはずで、この歌の歌詞は二行しかない。「夕焼け小焼けの赤とんぼ　負われてみたのはいつの日か」だけである。歌が上手いかどうか判定する暇もなく終わってしまった。

あとで面接官が集まり話したときも、みんなの感想は、「下手ではなかったようだが、よくわからなかった」であった。


筆記試験の成績は良いし、面接の印象も良い。歌唱力も悪くない。落とす理由がなかった。結局、この生徒は、髪の色はそのままでよい、として採用になった。

大げさだと思われるだろうが、髪の色が黒ではないバスガイドを採用したのはこれが初めてで、会社の歴史上、画期的な事件だったのだ。

その後、本格的に乗務を始めた彼女の髪のことで、お客様からクレームがついたことは一度もなかった。歌唱力も、私は直接聞いていないが、何を歌わせても上手だったという。

赤い髪の少女は優秀なバスガイドとなり、数年後には新人の教育係に抜擢された。あのとき採用したのは正解だった。

いわゆる茶髪について、私が退職する頃までは原則禁止だったが、今はどうなっているだろうか。この時代、少しぐらい色がついていてもＯＫにしないと、応募者からそっぽを向かれるに違いない。

余談だが、バスガイドの冬の制服は紺色で、白いブラウスの大きな襟が特徴である。これは昭和六年からほとんど変わっていない。過去、何度かデザインを変更しようと試みたようだが、大先輩のガイドから現役まで、全員の猛烈な反対で退けられたと聞いている。もちろん、私が人事を担当した十数年間も、そのままであった。確かに、清楚できりっとした冬の制服は、どの時代にも適応してきて美しい。よくもあんな昔に、これほど永続性のあるデザインを考えたものだと、創業者には感服するしかない。

バスガイドの商法

大阪湾が午後の日差しを受けて車窓の左に光っている。

その日、私の乗った貸切バスは南紀白浜を朝出発し、安珍・清姫の道成寺を観光したあと、一路、大阪に向かっているところだった。

宮崎市は奈良県の橿原(かしはら)市と姉妹都市になっていて、毎年四月、橿原神宮の例祭の日に向けて三泊四日、バス一台分の観光団が訪れる。その一行のなかに私はいた。

初日は橿原、次の日が白浜だった。最終日の今夜は関西空港の近くに泊まる。ここまでの旅は快適だったが、それは天候に恵まれていたほかに、バスガイドに負うところも大きかったように思う。

このバスガイドは堺市の出身ということだった。年齢は二十二、三くらいだろう。とりたてて美人というわけではなかったが、物腰が柔らかく愛嬌があって、大阪弁のアクセントも耳に心地よかった。

バスの中はほとんどが彼女の祖父母に近い年齢の客ばかりで、ふだん口うるさい人も何人かいた。しかし彼女もプロで、中高年の扱いは手慣れたものだった。三日目ともなると私たちはすっかり従順になっていて、今思えば、何でも受け入れそうな雰囲気になっていたのは確かだ。

バスは快適に走っていたが、旅の疲れが出て少し眠くなりかけた頃、バスガイドはスーパーなどで使われる買い物かごを取り出した。そしてそれを持ち上げてみんなに見せ、にこにこしながら口上を述べ始めた。

「この買い物かご、朝の点呼のとき渡されたんです。私どもの会社のバスガイド人形が十個と、ミニバス二台のセットが十五入っています。これを売ってきてくださいって。

一つ一つは小さいんですが、全部だと結構重いんですよ。私のとこの車庫は、事務所が一番手前にあって、帰ってきたバスは手前から順に詰めていきます。今日、このバスが車庫に帰り着く時間は遅いんで、きっと、ずうっと奥の方しか空いてないと思うんです。そこからこの重いかごを抱えて事務所に帰るんは、ほんま、つらいんですよ。で、良かったらお客様に買っていただけないかなあ、と思って。

バスガイドのこの人形は冬服着ていますけど、夏の制服というのもついていて、季節ごとに着せ替えができるんです。こうやって脱がせると、あら恥ずかし、裸が現れて、こんなふうに着せ替えるんです。

三年前でしたか、最初は会社の五十周年記念に発売されたんですけど、そのときのお顔は、田中真紀子さんみたいにちょっと怖いお顔していて、あまり売れませんでね。それでも私は、実家やらおばあちゃんとこやらに、いくつか買いました。私の部屋のテレビの上にも置いてますけど、前の顔のやつです。でも今年から、こんな可愛いお顔の人形になりました。気になるお値段は千円です。千円ポッキリ。消費税込みですよ。

それからこっちはバスのミニカーです。ボンネット式の古いのと今の型との二種類セットで、これも千円です。まあまあの値段かな、って考えているんですけど。

阪神淡路大震災のとき、高速道路が切れてなくなっている所で引っかかっていた赤いバスのこと、覚えていませんか？　あれがこの、私のとこのバスでした。私はまだ入社していませんでしたけどね。

バスは運転席が高いですから、高速道路が途中で切れていることが少し手前から見えて、あわてて急ブレーキかけて、ようやくあそこで止まったんだそうです。車体の半分は道路から落ちかかっていて、すごい恰好でしたけど。

このときのバスは京都でお客様を降ろして帰る途中だったそうです。だから乗務員二人だけだったんですが、降りるに降りられず大変で、やっと後ろの非常口から外に出たと聞いてます。で、そのバスがこのデザインで、もう一つのボンネッ式のとセットです。本日の乗車記念に、いかがでしょうか……」

一気にそう言って、笑顔で私たちを見渡した。誰かの手が上がり、それじゃ私も、と次々に注文が入った。結果、バスガイド人形は完売、ミニバスセットも三セット残っただけだった。

大阪は商人の町というけれど、それはバスガイドにも言えた。タイミングを見計らって商品を持ち出し、流れるようにしゃべって売りさばく商売のうまさに、私はすっかり見惚れてしまった。

そのときつい買ってしまった人形が、今でも本棚の上に置いてある。裸が見たかったわけではないが、白い半そでの夏服に着替えさせた。あのバスガイドも、今頃は爽やかな夏の制服姿で元気に商品を売りさばいていることだろう。

Yという符牒(ふちょう)あり

テレビで、盲目のピアニスト・辻井伸行氏を取り上げた番組を見た。

アメリカのカーネギーホールで初の演奏会を開催するにあたり、辻井氏は自作の新曲も発表することになった。その曲想を練るのに、彼はアメリカの歌曲を片っ端から聴いていた。

何カ月もかかってようやく一曲に絞ったのが、フォスターの「金髪のジェニー」だった。そしてこの曲をモチーフに「ジェニーへのオマージュ」という曲が出来上がった。オマージュとはフランス語で『敬意』という意味らしい。アメリカ国民への敬意というメッセージも込めて作曲されたのだろう。

カーネギーホールでこの新曲を演奏し始めるとすぐ、満員の聴衆から軽いどよめきが起きた。よく知っているメロディーだという安心感が、辻井氏に対する親しみとなって受け入れられ、演奏会は成功裡に終わった。「金髪のジェニー」は、アメリカ国民の誰もが、なんらかの思い出を持つ名曲なのだろう。

そして私の脳裏にも、この曲から鮮やかに蘇る思い出がある。昭和三十四年、高校一年生のときの、音楽室での光景が思い浮かぶのだ。

私の高校では、入学して一カ月ほど経つと、芸術科目である音楽、美術、書道のうち、どれか一つを選択するようになっていた。いずれも苦手ではあったが、その中から音楽を選んだのには、二つの理由があった。

一つは、小道具がいらなかったからである。音楽なら、絵具も硯箱も必要なく、ただ教科書一冊を持って音楽室に行けば良いという、安易で横着な考えからであった。

そしてもう一つの理由は、陽子が音楽を選択すると知ったからである。

陽子のことは、高校に入学し同じクラスになったその日から気になっていた。

彼女は女子としては背が高く、それだけでも目立つ存在だった。色が白く、聡明そうな眼と、育ちの良さを感じさせる優しい顔立ちをしていた。

大柄なせいもあるが、いつもゆったりとしていて、慌てたり怒ったりするところは一度も見たことがなかった。話しかければ、誰にでもにこやかに応えていた。

陽子は国立大学の付属中学の出身だった。そこに入学するには試験があったから、付属中の生徒たちのレベルは高い。彼女はその中でもいつも上位にいたらしかった。

陽子の父親は開業医で、家にはピアノがあるという話だった。その時代、地方都市の宮崎でピアノを持っている家は、数えるほどしかなかったはずである。


一方の私は、クラスの男子で一番背が低かった。成績も、田舎の中学では上の方だったが、この県内一の進学校に入ると、たちまち埋もれてしまった。

私は陽子に惹かれていたが、彼女とどうありたいなどと思うことはなかった。背が低い上に落ちこぼれの私から見れば、彼女はかなりの高みにいた。だから、恋愛感情というよりも、自分より優れている者への『憧れ』に近かったと、今では思う。

その頃つけていた日記に陽子のことを書くときは、誰かに見られたときのことを考え、Yという記号にした。Yは週に何度も登場した。しかし、「今日のYは黄色のリボンを髪に結んでいた」とか「生物室でYと隣り合わせの席になった」とか、そんな他愛もないことを書き記すくらいのものだった。内気だった私は、ただ彼女の近くにいて、同じ空気を吸っているだけで満足していたのである。しかしそんな密かな幸福に、思わぬ試練が訪れた。

一学期の終わりに音楽の実技試験が行われることになり、一人ずつ歌を歌うよう指示があった。その課題曲が、「金髪のジェニー」だった。

この曲はメロディーももちろんいいが、津川主一の訳詩が私は特に好きだった。「夢に見しわがジェニーは　ブロンドの髪ふさふさと　小川の岸辺を行き……」と歌うとき、私は陽子のことを思い浮かべた。いつだったか、彼女が友人と談笑しながら校庭を横切る姿を見た。それが強く印象に残っていたのだ。そのときの陽子は伸びやかで、ジェニーと同じように光り輝いて見えた。

だが問題は、「金髪のジェニー」を独唱しなければならない、ということだった。その頃の私は、変声期だったのか、高い音がまったく出なかった。声が裏返ってしまうのだ。それに加え、ピアノ伴奏をあの陽子がすると聞かされて、私は絶望した。とてもまともに歌えるとは思えなかったのだ。今更ではあったが、安易な動機で音楽を選択したことを悔やんだ。

実技試験の日が来た。級友たちは何の屈託もない顔で、前列の者から順に「金髪のジェニー」を歌っていき、陽子はいつもの穏やかな表情で、淡々とピアノ伴奏をしていた。

音楽室の窓の外には、小さな池が広がっていた。水面を埋め尽くしたハスの葉の上を、トンボが数匹、気持ちよさそうに飛んでいる。私は絶望的な気持ちでそれを見ていた。

やがて私の名前が呼ばれた。横に立った私を見て、陽子が伴奏を始める合図を目で送った。覚悟を決めて歌うしかなかった。

しかし、やはりあの高音部で、私の声はいつもに増して派手に裏返った。誰かが小さく笑うのが聞こえた。そのあとをどう歌い終えたのか、記憶にない。

こともあろうに、あの陽子の目の前で大恥をかいてしまったのだ。うつむいて席に戻る私を、彼女の視線が追っているのを感じたが、ただひたすらこの場から消え去りたかった。

だが不思議なことに、その日を境に陽子への想いは嘘のように消えた。あれだけの失態を演じたことで、自分はもう陽子のことを考える資格さえない、という気持ちになったのだろう。

それからの私は、陽子と普通に立ち話ができるようになった。そして私の身長も、一年間で十二センチも伸びて、彼女と同じくらいの高さになっていた。

陽子とは二年生までは一緒だったが、三年生のときにクラスが別々になったこともあり、次第に疎遠になった。京都か奈良かの女子大に進むらしい、という噂は聞こえたが、それでどうという感情はなかった。

高校を卒業した私は、東京の私大に進んだ。同じ部活だった友人も近くの大学に入ったので、会う機会が多かった。

ある日、その友人の下宿を訪れると、最近短歌の同好会に入ったとかで、机の上に著名な歌人の歌集が幾つか広がっていた。

彼はその中から一冊の文庫本を取り出してページをめくり、

「石川啄木に、こんな意味深な歌があるのを見つけたよ」

と言った。そこには、

「Yといふ符牒　古日記の処々にあり　Yとはあの人の事なりしかな」

とあった。

私はびっくりした。あの啄木が、私と同じように日記にYという符牒（記号）で書いていたとは、驚きだった。Yとは、やはり彼にとって特定の女性のことだろうか。教科書でしか知らない啄木が、少し身近に感じられた。

しかしそのこととは別に、この友人は私の陽子への片思いを知っていて、それでこの歌を見せたのではないか、とも思って、少しドキリとしたのだった。

三浦綾子の小説「氷点」が全国的に評判になり、ヒロインの陽子の名もまた広まったのは、このときから二、三年後である。このため私は、「金髪のジェニー」だけでなく、「氷点」と聞いただけでも反射的に陽子を連想するようになったのだった。

その陽子だが、神戸に住んでいるとは聞いたことがあるが、それ以上のことは知らない。調べればわかるのだが、あえて知らないままでいる。ただ、彼女が美しく年を取っていてくれれば、と思うだけである。

みさき、十四歳

十四歳になったみさきは、また一段と背が伸びた。私を追い越すのも時間の問題だろう。あんなに小さかったのに、とつくづく思う。

みさきというのは私の長女の娘、つまり孫娘である。初孫ということもあって、私と妻は彼女を手放しで可愛がり、よくあちこちに連れて行ったものだった。

みさきが二歳の秋に、霧島のホテルに泊ったことがある。その夜、小さなハプニングがあった。

夕食の後、温泉に入ることになった。みさきが私と入りたいと言うので、一緒に男性用の大浴場に行った。中は広かったが、どこかの団体らしい入浴客もいて、ざわついていた。

みさきは彼らの間を縫うように歩きまわって遊んでいたが、何を思ったか、突然小走りで戻ってきた。そして体を洗っていた私の前をいきなり覗き込み、

「うん、有るね」と大きな声で言った。それから、あっけにとられている私を尻目に、また向こうへ行ってしまったのである。

部屋でこの話を聞いた妻は笑い転げたのだが、今思うと、幼稚園生の頃までのみさきには、どこかとぼけた可笑しさがあった。

あれは正月に娘の家を訪ねたときのことである。みさきは珍しく真剣な顔で机に向かっていた。娘の話では、幼稚園の友達から年賀状が届いたので、そのお返しを書いているところだという。

やがて彼女は、「できた」と叫んで私たちにそれを見せにきた。ところがその文面は、『あけましておめでとう。うん、そうだね』となっていて何のことかわからない。妻がそのことを尋ねると、だって、と少し口を尖らせ、机の上にあった友達からの年賀状を持ってきた。それには、

『あけましておめでとう。またようちえんであそぼうね』と書かれていた。

なるほど、だから『うん、そうだね』か、と疑問は解けたが、この年賀状を受け取った友達は何度も頭を捻ることだろうと、私たちは大笑いしたのだった。

小学校高学年になると、みさきはさすがにしっかりしてきた。小遣い帳を付け始めた、というので見せてもらったが、内容は立派なものだった。どのページも、収入、支出、残高と三つに仕切られ、見やすく丁寧な文字や数字が、整然と並んでいたのである。ところが収入の欄に、『なぜか』という奇妙な項目があり、金額は三十円と書いてあるのが目に入った。何を意味しているのかと訊くと、

「あのね。そのときお金を数えてみたら、残高の数字よりも三十円多く有ってね。なんで多く有るのか、いくら考えても思い出せなかったから、『なぜか』にしたの」

みさきは少し照れながら、そう答えた。

確かに、収入欄に『なぜか』という項目を設け、金額を三十円と書けば、結果的に帳簿の収入残高もその分多くなり、手元の現金と合致する。もし逆に現金が足りないときは、支出欄に『なぜか』と書き、不足の金額を記入するのだと言う。

小遣い帳の世界に限れば、これは立派な会計処理だろうし、項目名も、これしかないほど絶妙のものだと思える。僅かな金額だが、生真面目なみさきは放っておけなかったのだろう。懸命に知恵を絞って収まりをつけたのだ。そんな彼女に、私はいじらしさと大きな成長とを感じたのだった。

先日、みさきの中学校で立志式というのがあった。昔の「元服」にあたる行事である。その式典に、母親である私の娘も出席した。

式の中で生徒たちは、自分の志を一つの語句で表現し、その理由を壇上で発表しなければならなかった。たいていの生徒は「根気」とか「力」とか、わかりやすかったが、孫娘は「慎」という字を書いていたという。どこからそんな字を探し出してきたのか、慎み深い女性でも目指すのかと思って見ていたら、違った。彼女はこう発表したそうだ。

「『慎』という字には、手落ちのないように気を配る、念を入れる、などの意味があることを知りました。私はいつもそうありたいと、この漢字を選びました」

娘からの報告を、私はうれしく聞いていたのだった。

精神的に成長しただけでなく、十四歳のみさきは今や、手足がすらりと長くスタイルの良い少女に変身した。ゆで卵の殻をつるりとむいたように色が白く、切れ長の目をしていて、私にはなかなかの美人に見える。さらに、幼い頃からピアノやダンスを習っているし、歌も上手だと聞く。

だが、これだけ揃うと私は少し不安になる。

「もしもＡＫＢ48あたりからスカウトに来たら、みさきはどうするだろうか」

笑い出すと思った妻は、意外にも真顔で、

「その気になるといけないから、本人の前では決してそんなことは言い出さないでね」

と言った。芸能界入りもありうる、と妻も考えているのだろうか。夫婦揃って少しばかりめでたいが、孫娘には堅実な道を歩いてほしいというのが、もちろん私たちの願いである。

それはさておき、進学、就職、結婚と、みさきのこれからの人生は遥かに遠い。どこまで見守れるだろうかと思うことがある。あと七、八年もすれば私は八十歳になるし、残り時間はそう多くない。

昔、作家の遠藤周作が随筆の中で、『父や兄たちは、死から自分を守ってくれている盾のようなものだ』と書いていた。『なぜなら、その父や兄たちが死ぬと、死が何のさえぎりもなく自分の前に立ちはだかるからだ』と。

あまり実感のないまま、当時ノートに書き留めていた言葉だが、今こそよくわかる。私には盾となってくれる人は、もういない。それより、私自身が盾になるべきときが、すでに来ているのだ。私の後ろには妻がいて、娘がいて、そして孫のみさきがいる。できる限り長生きしなくては、と思う。両手を広げて立ち続けなくては、と思うのである。

ラストダンス

高校同期の古稀同窓会打ち合わせのため、旧友二人と居酒屋で会った。久しぶりの再会はすぐに、あの頃のフォークダンスパーティの話題で盛り上がった。女子生徒の手を公然と握れたイベントだから、思い出も多かったのである。

「タミィという曲があったけど、あれは特別だったね」

友人の一人が言うと、

「タミィが始まったらすぐに、相手を確保しようと必死だった」

もう一人も笑いながら言った。

『タミィ』というのは、フォークダンスパーティが終了する直前、いわゆるラストダンスに使われた曲の名前である。原曲はデビィ・レイノルズという女性歌手が歌って日本でもヒットしたが、なごり惜しい気持ちにぴったりの、美しく切ないワルツだった。

友人が「タミィは特別だ」と言うのには理由がある。フォークダンスは順送りで次々と相手が替わるのが普通だが、このタミィだけは最初から最後まで一人のパートナーと踊れるからである。それで友人たちも、この曲が始まるやいなや、お目当ての女の子を確保しようとやっきになった経験があるのだろう。

彼らの話に相槌を打ちながら、私はある女子生徒のことを思い出していた。彼女とは一度だけタミィを踊ったのだが、その直後に思いがけない展開があって、それが強く印象に残っているのである。

彼女の行動が示す意味は一つしかない、と直感してはいたが、照れくささもあり、誰にも言ったことはなかった。しかしあれから半世紀も過ぎたし、その夜は気心の知れた友人たちが相手で、いい機会だった。私は彼らに一連の出来事を話すことにした。

……高校二年生のときの十二月だった。熱気に包まれたフォークダンスパーティ会場にタミィが緩やかに流れ始めた。ラストダンスである。まわりが急にざわついてきたが、私は特にあてもなく、ぼんやり立っていた。

そこに、一人の小柄な女子生徒が急ぎ足で近づいてきた。同級生だったが、最初は別人と思った。普段は銀縁の丸い眼鏡を掛けていたはずだが、そのときは外していたからである。

彼女は私の前に立つなり、

「お願いします」

よく通る声で言った。その頃の私は女の子とあまり話をしたことがなく、戸惑ったが、

「ああ、いいよ」

と応えて手を組み、踊り始めた。

しかし彼女はそれきり何も言わずに私の胸の辺りを見てステップを踏むだけだった。私は所在なくその顔を見遣ったのだが、白く滑らかな頬が透き通るように美しいことに気付き、慌てて目を逸らした。

やがてタミィは終わった。彼女は姿勢を正し、きちっと私の目を見て、

「ありがとう」

と笑顔で言った。そしてまだ触れていた手を離し、子どものようにばたばたと走り去って行った。

その翌日のことだった。クラス担任の教師が、あの女子生徒の転校を発表したのである。父親の急な転勤によるもので、彼女以外の家族はすでに現地に引っ越した、とのことだった。

彼女は教壇に立って短い別れの挨拶をした。そのとき私と視線が合って、丸い眼鏡の奥の目が、少し微笑んだように見えた……

そんなことがあってね、と私が話し終えると、身を乗り出して聞いていた二人の友人は、

「それは絶対に愛の告白だ」「お前は密かに想われていたんだ」

などと口々に言って騒いだ。

「お前とタミィを踊るために、一人だけ宮崎に残ったというわけか。かなり一途だね」

「眼鏡を外していたというのは、やはり女心かな。いじらしいじゃないか」

冷かされて私は照れたが、自分の直感は間違いなかったと、すっかり満足した気分でいた。

そんな私に、一人がからかうように言った。

「同じクラスなんだから、彼女の気持ちにはもっと早くから気付きそうなものだがね」

私はハッとして、思わず背筋を伸ばした。

言われてみればその通りだ。もし彼女が前から私に好意を寄せていたのなら、それまでに何か感じたはずなのだ。しかしどう記憶を辿っても、それらしい覚えはないのである。

私は焦った。もしかしてあのラストダンスには、最初から特別な意味など何もなかった

というのか。自分勝手な思い込みだったのか。私の心はぐらぐらと揺れた。

だが絶対そう思いたくないし、『お前は密かに想われていたんだ』と友人から言われたときの甘美な快感は、何としても捨てがたかった。

「思い当たることが、無いこともない」

私はようやくそう答えたが、彼らはもう本題である古稀同窓会の話をし始めていた。

真実はあの女子生徒だけが知っている。だが彼女には申し訳ないが、今ではその転校先はおろか、名前すらもまったく覚えていないのである。

彼女は元気でいるだろうか、と私はあらためて思いをはせる。お互い年を取ってしまったが、私の記憶にあるのは十七歳の少女の白い顔だ。今頃になって私の胸を騒がせて遠くで静かに微笑んでいる。

三百八十度の転身

地方の温泉に行くと、近在の特産品や野菜などを売るコーナーがよく併設されている。湯上りにゆっくり店先を覗くのは楽しいものだが、自分がそんな販売所で働くことになるとは、思ってもみなかった。

その頃私は、ある高校で生徒の就職指導をしていたが、二年の契約期間が終わり退職したばかりだった。お世話になった企業へ退職の挨拶に回る途中で、有機肥料を扱う小さな会社に寄った。そこの社長は高校の二年先輩だが、彼から、

「今度新規事業をするが、一緒にやらないか」

と誘われた。それが温泉施設での、青果物販売店の仕事だった。

開店日が近いのに担当責任者が見つからず、社長は困っていたようだ。そこに私が顔を

出し、この男でも仕方ないか、となったのだろう。

だが暇を持て余していた私にとっては、向かいのホームに乗り替えの電車が待っていたようなものだった。二つ返事でこの仕事を引き受けたのである。


私の毎日は、朝早く卸売市場に行き、青果物を仕入れることから始まる。それを何人かで小分けにしたり、袋に入れたり、値札を貼るといった作業を済ませ、午前十時には温泉の販売所に運び込む。二時間ほどかけて商品を並べれば、それで終わりだ。その販売所には店員を置かず、温泉のフロントが精算を代行するシステムである。

その日も販売台に赤や黄色のリンゴを並べていると、浴室に行こうとしていた一人の男性客が、「えっ?」と声を出して立ち止まった。振り返ると、中学時代からの友人が、びっくりした顔で私を見ていた。

彼はいつも私がネクタイを締め、経理や人事など堅い仕事ばかりをしていたことを知っている。定年後の仕事も事務系だったから、前掛けをして果物を扱っている姿が信じられなかったのだろう。

「いつからそんな仕事を始めた?」

友人は目を丸くしたまま訊いてきた。

「もう二カ月になるよ」

私は答えた。

彼は何か言いたそうに口の辺りをピクピクと動かしていたが、いきなり大きな声で、

「三百八十度の転身だね」

大きな声で言ったが、すぐに声を潜め、手を横に何度も振って、

「違う、間違った。百八十度だ。三百六十とごっちゃになった」

そう言って苦笑いした。

「少し回り過ぎたね」

私も笑ったのだが、彼が浴室へ去ったあと、ふと思った。

……私は新卒で入社した会社を定年まで勤めたから、仕事としては一回転（三百六十度）したことになる。そしてその後、幾つかの短期間の仕事で二十度ほど動き、それで現在では合計三百八十度になった、と言ってよいだろう。

また、人の一生でみても、私の七十一歳という年齢は、還暦で一巡し、二十度分くらい年を重ねたあたりだ、とみておかしくはない。つまり現在の私は、仕事も人生も『三百八十度の転身』の状態だ、と言えるのではないか……

そんなことを思ったのだった。

私はもともと三百六十度で仕事を辞めて、あとはのんびりする予定だった。それがいまだに働いているのには、理由がある。

十年前に会社を定年退職したときには、さあこれで毎日好きなことができる、と喜んだ。しかし温泉もゴルフも、そうは続かない。膨大な時間が、際限なく目の前に続いている。これからずっとそれを捌いていかなければならないのかと、途方に暮れたのだ。

そしてもう一つ、「自分はもう、世の中に必要とされない人間になってしまったのではないか」という不安にかられたのである。

仕事をしていたときは、誰かの世話をしたり、逆に助けられたり、そんな関係がごく自然に起きていた。だが家に退いた途端に、世間と接触する機会は極端に少なくなった。人の役に立ててこそ自分の存在価値もあるのに、それがなくなってしまいそうで、いても立ってもいられなくなったのだ。

私が『再び働くこと』を選んだのは、そんな状態から脱するためだった。働いてさえいれば、何かしら人のためになるだろう。残った自由な時間は、好きなことに効率よく使えるはずだ、などと考えたのである。

その選択は間違ってはいないようだ。今の青果物販売の仕事でも、それは感じる。店で私を見つけると、すぐに話しかけてくるお客が何人かいる。旬の青果物への質問がほとんどだが、その応答こそが、私が世間の一員であることを実感させるものなのだ。働く日々があるから余暇の時間も充実している。そのお陰か健康状態はすこぶる良い。

このまま九十歳になっても働いていそうな気がするが、そのときの私は一体何百度の世界にいることになるのだろう。平凡な人生でも、その大詰めに、誰もが呆れるような所に立っていたら、ちょっと愉快ではないか。

私は「さあ、やるぞ」と声を出し、キャベツを山積みにする作業に取りかかった。

駐車場の椅子

夏休みの二カ月間だけだったが、シルバー人材センターから派遣されて、科学技術館の駐車場を管理する仕事をした。

そこは四十台分ほどの広さしかなく、子ども向けのイベントがある日は朝からすぐ満車になる。その整理や誘導が主な仕事だった。また、無料のため入館目的外の駐車が多く、それを防ぐためにも管理人を必要としているようであった。

炎天下の仕事になるのを覚悟していたが、出入り口近くの楠の木の下には、いつも涼しく心地よい風が吹いた。ひまな時間には、その木陰に折りたたみ式のパイプ椅子を持ち出して座った。これは至福の時間だった。そしてそれに加えて楽しかったのは、駐車場にやってくる人たちとの出会いだった。

その日の午前中は来館者が少なく、私は例によって木陰の椅子に腰かけ、あたりをのんびり眺めていた。すると通りを挟んだむこうの歩道を、サングラスをかけ、サンダル履きの三人の若者が歩いてくるのが見えた。

全員が髪を金色に染め、ここまで聞こえるほどの大声で喋っている。ひときわ大柄な真ん中の男は、歩きながらTシャツをまくり上げ、臍のあたりを掻き始めた。周りの視線を気にするふうは、まったくない。

いかにも厄介そうなこの三人連れは交差点まで来ると、横断歩道をこちら側に渡り始めた。いったいどこへ行くつもりか知らないが、行った先では迷惑なことだろう、と思いながら余裕で見ていた。しかし横断歩道を渡り終えた彼らは、今度は私がいる方へと向きを変えたのである。

駐車場の入口までは三十メートルほどしかない。小心な私は腰を浮かしかけた。しかしどう考えても、彼らと科学技術館とは結びつかない。恐らくこのまま駐車場横の歩道を通り過ぎるに違いない。そう自分に言い聞かせ、椅子に深く座り直した。

ところがなぜか、彼らは急に歩道をそれて、まっすぐこの駐車場へ入ってきたのだ。

(後で知ったが、ここを斜めに横切ると、裏手にある中央公園や体育館への近道になるのだった。)

三人が目の前に迫って、私は焦った。今さら逃げだすわけにもいかず、恐る恐る、

「こんにちは」

と自分から挨拶してみた。

すると彼らは立ち止まり、真ん中の男が「こんちは」と返した上に、

「そうやって座っているだけでお金を貰えるんですか?」

いたずらっぽく訊いてきたのである。

「まあ、そういうことだね」

戸惑いながら答えた私に「いいなあ」と三人は屈託なく笑った。サングラスは好きになれないが、見た目ほど悪い連中ではなさそうだった。すっかり安心した私は、

「仕事を譲ってやりたいけど、これはシルバー専用でね」

そう軽口を叩き、胸を張ってみせた。彼らは、ははは、と笑いながら通り過ぎていった。

正午近くに、五歳くらいの女の子が二人、仲良く手をつないで駐車場に入ってきた。先日も見かけたから、多分近所に住んでいて、公園へ遊びに行くところなのだろう。

「おじちゃん、お昼食べた?」

一人が話しかけてきた。利発そうな大きな目をしている。

「いや、まだだけど」

「ああ残念。さっきお弁当を食べたけど、食べきれないで捨てちゃった。勿体なかった」

もう一人の子もにこにこしながら、うんうん、とうなずいている。

「本当に残念だね。それは勿体なかったなあ」

私が調子を合わせると、彼女は真剣な顔で、

「ゴミ箱に捨てたけど、まだ残っているかもしれないから取ってこようか」

そう言いながら、今来た方を振り返る。私は慌ててさえぎって言った。

「弁当は持ってきているから大丈夫だよ。ありがとね」

二人はにっこり笑うと、バイバイと手を振り、去っていった。

かわいい女の子に話しかけられたのは嬉しいが、独り所在なく座っている年寄りを見て、憐れんで声をかけたのだと、思えなくもない。私は居心地の良かった椅子から、いったん腰を上げることにした。


午後になると駐車場が混みはじめ、すぐに一杯になった。忙しく動き回らなければならず、椅子に座っている暇はない。

「満車」と書かれた看板を外に向けて立てていると、そこに新型の白いワゴン車がやって来て止まった。県外のナンバーだった。

運転席の窓から、六十歳くらいの銀髪をきちんと整えた紳士が顔を出した。私は彼の車に近づき、今は満車であることを告げ、

「二百メートルほど右に行くと立体駐車場があります。最初の一時間は無料で、後は一時間ごとに百円ですからお勧めです」

と案内した。そう説明するよう、マニュアルがあるのだ。

すると彼は表情も変えずに言った。

「料金は高くてもいいから、もっと近くに駐車場はないの?」

そんなことをさらりと言ってのけるのだから、きっとお金には不自由しない人に違いない。即座にそう判断した。そんな客には、滅多に使わないが別のマニュアルが用意してある。私は向かいの駐車場を指さして伝えた。

「そこはホテルの駐車場ですが、一時間五百円です。隣は銀行ので、三十分二百円です」

なるほど、と彼は鷹揚にうなずいてから別の質問をしてきた

「普通、館内にはどのくらい居るのかな?」

「プラネタリウム上映まで見ると、四時間近いですね」

私が答えると、彼はいきなり後部座席を振り返り、家族と思われる人たちに宣言した。

「車を立体駐車場に置いてくるから、ここで降りなさい」

同乗者三人を科学技術館の玄関に向かわせると、あっという間に車をターンさせて走り去ったのである。

私はあっけにとられてそれを見送った。「お金のある人はなるべくお金を使わないようにする。だからいつまでもお金持ちなのだ」と聞いたことがある。この人もそうなのだろうか。それにしてもなんだかなあ、と首を捻っている私の横を、見学を終えた車が一台、駐車場から出て行った。

ここでほかの車が来れば、運よくすぐに中に入れる。あの紳士はタイミングが悪かったな、と気の毒に思っていると、車を置いた彼は意外に早く帰ってきた。そして目ざとくその空きスペースを見つけるや、

「あ、その場所、確保しといて。すぐに車を持ってくるから」

早口で私に頼み、再び立体駐車場へと小走りに戻って行ったのである。

私は思わず笑ってしまったのだが、「料金は高くてもいいから……」という最初のセリフがあるだけに、あの紳士も私にはいささかバツが悪いに違いない。彼がここに車で戻ってきたときに、どんな顔で迎えようか。武士の情けで知らぬふりをしてやるか、それとも

少しだけ皮肉を言おうか、決めかねているうちに白いワゴン車は確保してあった枠にさっと滑り込んだ。紳士は車から悠然と降りてドアを閉め、さりげなく私の顔を見た……

楠の木陰で駐車場の椅子に座っていると、ほかに散歩やジョギングで通りかかる人たちも、

「今日は暑いですねえ」

とか言いながらよく近寄ってきた。一服するにはお誂え向きの木陰だし、話し相手も欲しいのかもしれない。どの人との出会いも楽しいものだった。

会社を退職したあとは家に閉じこもりがちになる。しかしここで過ごしたひと夏は、人と触れあうことの楽しさを思い起こさせる貴重な時間となった。

娘の転職

次女が四月に生まれたとき、記念樹として吉野桜の苗木を植えた。それが今では、枝が庭の半分を覆うほどの大木に育っている。

妻も同じ四月生まれだが、古希で迎えた今年の誕生日は、市が発表した桜の満開日と重なった。

空は青く澄み、風も緩やかで、心地いい。

「お昼は庭で花を見ながら戴きましょうか」

妻の提案に、それはいい、と賛成し、早速準備に取りかかる。

コンテナーを上下逆にして二段に積み、布をかぶせて食卓にした。それを花盛りの大枝の真下に置く。椅子には、ビールの空きケースを使うことにする。

お握りと卵焼きが運ばれてきた。お茶に漬物もある。これで十分だ。

のんびり食べていると、近くに住む長女が顔を出した。誕生祝いの品を届けにきたと言う。

「楽しそうね。ままごとみたい」私たちの様子を見て、自分も楽しそうに笑った。

「せっかくだから、写真を撮ってくれないか」

私の頼みに、彼女はスマートホンを構え、シャッターを何度か切った。


記念樹の当人である次女だが、宮崎にはいない。それどころか、昨年の五月、学生時代から二十年暮らした東京を離れ、転職のため北海道へ行ってしまったのだ。

それは寝耳に水の話だった。彼女の敬愛する作家の記念文学館が、遠い北の町にあるのは、私も知っていた。しかしまさかそこで働くと言いだすとは！　そんな大事なことを、親である私たちは直前になって知らされたのである。

「前もって話すと、反対されるでしょ」

さらりとかわしたあと、思いつきでこの仕事に就くのではない、と熱っぽく語った。

東京では毎月、その作家の読書会が開かれて、文学館からも担当者が来ていたそうだ。

そのたびに話を詰めていき、仕事内容を良く理解した上でのことだ、と聞かされては、承諾するしかない。

「北海道に住む人と結婚した、と思うことにしましょう」 妻は苦笑いしながら言った。

次女は昔から、やりたいことがあると、誰にも相談せず、まっすぐそれに向かって進む。だから転職についてもこれが初めてではなく、以前にも同じようなことがあった。

大学卒業と同時に、彼女は都心の弁護士事務所に就職した。待遇も良く、親としては安心の勤務先である。ところが数年で辞めてしまった。ある劇団のスタッフ求人に、いつの間にか応募していたのだ。

「内定を貰ったから劇団で働くね。お芝居がやっぱり忘れられなくて」 あっさり言う。

高校時代、演劇部で熱心に活動していたこともあって、休日にはあちこちの舞台を見に行っていたらしい。そのうちに、いつもその世界にいたい、との思いが強くなったそうだ。

しかし、主役級の俳優でさえも、それだけでは食べていけないと聞く。まして雑務係の給与が良いとは、とても思えない。

「生活していけるのか?」 心配して訊くと、

「ちゃんとやっていくから大丈夫よ」

強気に答えたが、現実は考えていた以上に厳しかったようだ。自己責任だからと意地を張っていたものの、次第に窮してきて、十年ほどで退団したのだった。

それから間もなく次女は北海道へ渡ったのだが、以来、テレビで全国の気象予報があるときは、どうしてもその地方の天候に目がいく。一月初旬に、『最高気温が氷点下十四度』と報じられた日があって、さすがにあ然とした。想像もつかない寒さが続く。南国育ちに耐えられるのか、気になる日々だった。

「ここで頑張れそうだから、安心して」

今朝、母親の古希を祝う電話をかけてきた次女は、明るい口調でそう言った。

華やかな大都会から、北のはずれの町へと移る——そう決心したときは、恐らく相当な覚悟だったはずだ。しかし、自分で選んだ道の先を信じて進むしかない。ひたすら歩き、ようやく、心の拠り所となる何かを、見つけることができたのだろう。その文学館で学芸員の資格が取れたことに加え、北海道の初めての冬を乗り切れたことも、背中を押したに違いない。

ただ、四月になっても気温は十度までしか上がらないようだ。かの地で桜が咲くのは一カ月も先のことだろう。そんな町でこれから生きて行くのか、とあらためて思う。

正午を過ぎてから、陽の光が強くなった。それでも桜の大樹の陰には、変わらず肌触りの良い風が吹く。時おり花びらが舞い落ちて妻の髪や肩にかかる。その白さが美しい。

「夏には北海道へ行ってみよう」と二人で話す。とりあえずは、満開の桜の下で撮った写真を送ろうと思う。「こっちは元気だ。お前も頑張れよ」と、短い手紙を添えて。

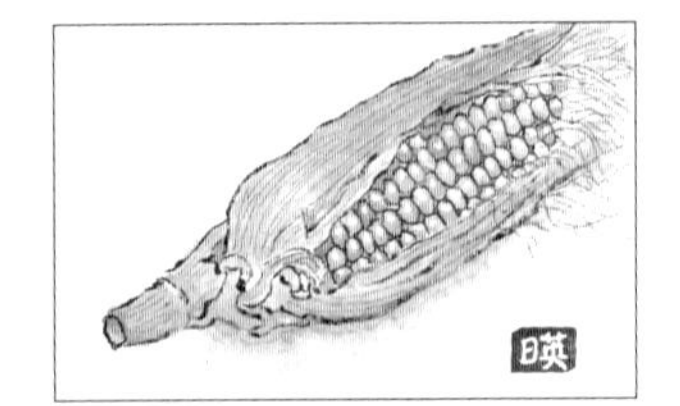

ランタナ物語

大昔のどうでもよいようなことを、いつまでも覚えていることがある。例えばあれはもう五十年以上も前のことだが、カーラジオをつけていて、「害虫はランタナを避ける」というフレーズが聞こえたように思った。あまり興味のない植物関係の番組だったのでぼんやり聞き流していたのだが、なぜかその部分だけが記憶に残ったのである。『ランタナ』という、ちょっと小粋でラテン的な名前が印象的だったからだろう。

当時はまだ学生で、ランタナについては何の知識もなかった。それが花の名前だと知ったのは、それから十年ほどあとの、家を建ててからである。

ランタナは、種類によって紫や黄、白、ピンクなどの小さな花を、夏の間びっしりつける小低木である。中南米が原産地で、明治時代に日本に入ってきたという。

葉は小さく、アジサイに似てしわしわとしているが、触ると独特の強い匂いが指に移る。それを初めて嗅いだとき、

「害虫たちがランタナを嫌がるというのは、きっとこの匂いのせいに違いない」と、あの日のラジオ放送に合点したのだった。

庭の一角を区切って耕し、そこにバラを数本植えているが、春になるとこれに必ずアブラムシが付く。一度防虫剤を撒いたら肝心のバラを痛めてしまい、それ以来いつも悩んでいた。

そこでふと思いついたのが、あのランタナである。これをバラの傍に植えたらどうだろうか、と考えた。害虫の問題は解決するし、バラの花はもちろん、夏にはランタナの花も楽しめる。これはひょっとしたら、誰も試したことのない画期的なアイデアかもしれないと、胸がわくわくした。

さっそく花屋に行き、とりあえず黄色いランタナの苗を一鉢買い求めた。帰るなりバラの根元近くに穴を掘り、さあ植えようとしたときに、その鉢に差してあった白いプレートに目がいった。そこにはなんと、

「アブラムシが付くことがあるので防虫してください」と書いてあるではないか。バラ

の害虫を防ぐのに役立つどころか、自分自身にムシが付くというのだ。私は腹を立てて鉢をそこに放り出し、部屋に引き上げたのだった。

あらためてインターネットを開く。すると、「ランタナの実は猛毒である」という書き込みが目に入った。お、これのことか、と思ったが、「動物はそのことを知っていて、食べない」。そう続くだけだった。害虫がどうだとはどこにも書いてない。「ランタナを避ける」とラジオで言っていたのは、害虫でなく動物のことだったのだろう。半世紀も信じこんできたのに勘違いだったのかと、がっくりきた。

気を取り直し、猛毒といわれる実の写真を眺めてみる。美しい藍色の玉で、動物が食べたくなっても不思議はないが、彼らは本能で危険を察知し、避けて通るのだろうか。

実についてさらに調べていると、意外なことがわかった。鳥類はこの有毒の実を口にしても、まったく平気だというのだ。

理由はこうである。

そのランタニンという名の毒は、実の果肉部分にあるのではなく、中心の硬い種子に含まれているのだそうだ。動物は丈夫な歯で、実も種子も同時に噛み砕く。したがって毒まで食べてしまうことになる。一方、鳥たちには歯がないので、柔らかな果肉だけを食べて、種子はそのまま飲み込む。噛めないのが幸いして、ランタニンには触れずに済むのである。

この種子は鳥の胃や腸を通り抜け、フンに混じって外に出る。その落ちていく先は、元の場所から遠く離れた所だ。

動物が渡れない川や海も、鳥だったら容易に越える。ランタナの種子は、そんな遥か離れた地で新たに根付き、繁殖していくことになるのだろう。

植物にとって、子孫を残すことは大きな命題だと思われる。種子を噛み砕かれては元も子もないので、ランタナは動物を遠ざけ、鳥類にすべてを託す絶妙の仕掛けを施すようにしたのだ。私などには考えもつかない種の保存のシステムで、ロマンさえ感じる。この小さな植物の遠大で周到な知恵に、すっかり感動したのだった。

こうなると、もう少しランタナを知りたくなる。花言葉についての記述があったので読んでみた。「心変わり　協力　合意」などと並んでいたが、最後に一つ、「確かな計画性」とあった。納得である。

さて、一度は放り捨てた鉢植えのランタナだが、敬意をもって丁重に拾い上げ、道路に面した日当たりの良い場所に植えた。ところが驚くほど生命力が強く、みるみるうちに四方に枝を伸ばし、花を咲かせ、今では全面黄色の鮮やかな一群になった。こんなに繁るのであれば、もし当初の予定通りバラのそばに植えていたら、肝心のバラは埋もれてしまっていただろう。その意味でも、画期的だと思った私のアイデアは実用に供さなかったことになる。

それはさておき、通りを行く人たちから、

「きれいな花ですね。何の花ですか」

と声を掛けられることが多い。そのたびに、

「ありがとうございます。これはランタナと言う花ですよ」

胸を張ってみせるのだが、少し面映ゆい。

メイドイン京都

宮崎県在住者だけを対象としたある会合でのことである。二十名ほどが出席していたが、同じ県内とはいえお互い初対面で、少し緊張した中で会は始まった。

司会役の中年の男性が、最初にこう自己紹介した。

「私は宮崎ではなく熊本の生まれですが、実は『メイドイン宮崎』なんですよ」

何のことだろう、と顔を見合わせている私たちに、彼はにこやかな表情で続けた。

「両親が新婚旅行で宮崎を訪れまして、私はそのときにできました。ですからメイドイン宮崎なんです」

なるほどそういうことか、とみんな大笑いし、会場はたちまち和やかな雰囲気になったのである。

新婚旅行といえば、昭和四十年代の宮崎は、空港も駅も『新婚さん』であふれていた。彼の両親が訪れたのも、おそらくその頃のことだろう。

昭和四十一年、観光バスの会社に就職したばかりの私は、来る日も来る日も彼らの対応に追われていたことを思い出す。

どの新婦も、申し合わせたようにスカート丈が短かった。その頃来日した女優・ツイッギーの影響で、ミニスカートが大流行していたのである。

バスの左右窓側の席は、小さなブーケを持ち、紅潮した頬の新婦たちがすべて占めている。一方新郎たちは背広にネクタイ姿で、通路沿いに窮屈そうに座っていた。そんなカップルたちをあふれるほど乗せて、毎日何台もの観光バスが、日南海岸やえびの高原へと出発していく。私たち新入社員は、会社の二階の窓から紙ふぶきを撒いて、それを送り出したものだった。

あの頃は、バスだけでなくタクシーもほとんどが市街地からいなくなり、市民から苦情が出るほどだった。「フェニックス・ハネムーン」とも呼ばれたそのブームは十年あまり続いたが、ピークは昭和四十九年だった。この年、全国の婚姻組数は約百万組だったが、なんとそのうち四割近い三十七万組、七十四万人が旅行先に宮崎を選んだという。となると、彼のように『メイドイン宮崎』として生まれた子どもは、相当な数にのぼることだろう。

私が結婚したのもやはりその頃で、憧れていた京都へ二泊三日の新婚旅行をした。そして十カ月後に生まれたのが長女である。司会の男性にならって言えば、『メイドイン京都』ということになるのだろう。

幼い頃の娘は頬がふっくらとしており、色白でおっとりした性格だったから、

「まるで大宮人の姫君のようだね」と夫婦でよく笑い合ったものだった。今思えばそれは、京都でできたからかもしれない。

彼女も今や家庭を持ち、私の家から車で数分のところに住む。折につけ電話をくれたり、孫を連れて遊びにきたりする。高齢となった親を案じているのだろうか。長女としての自覚は持っているようだと、ひそかに安堵しているところである。

その長女が今度顔を出したとき、ひとつあのメイドインミヤザキのエピソードを聞かせてみようか、と思う。そして続けて、

「お前はメイドイン京都だよ」

そう言ってみたら、どんな反応を見せるだろうか。

何でも素直に受け入れる性格だから、

「あら、そうなの？　でも、ちょっとかっこいいかもね」

楽しそうに笑うだろうか。

いや、生真面目なところがあるから、

「変なこと言い出さないで」と怒って帰ってしまうかもしれないなぁ。あの京都旅行のときであることは、間違いないのだが……


ところで私には、『メイドイン京都』と呼べるものがもう一つある。といっても、よそに子どもがいるという話ではない。八月生まれの長女の記念樹として植えた、玄関脇の百日紅(さるすべり)のことである。

冬はゴツゴツとこぶだらけの裸木だが、春先には四方八方へ枝が勢いよく伸びる。その枝を、またたくうちに緑色の葉が覆っていく。そして夏になると、繊細で美しい薄紅色の花を、数えきれないほど咲かせるのだ。

凛として、どこか気品のあるその花を見るたびに、私はなぜか都の雅(みやび)な女人を連想してしまう。優しい色合いに、いつも見とれてしまうのだ。ほかの場所での百日紅を見ても、そんな感じを持ったことはない。なので、

「この木はきっと、京都でできたに違いない」
そう信じているというわけである。

薄暗かった部屋の外が、急に明るくなった。梅雨の雨雲が途切れて、太陽が顔をのぞかせたのだろう。長女と百日紅と、二つのメイドイン京都の夏が来るのは、もう間もなくである。

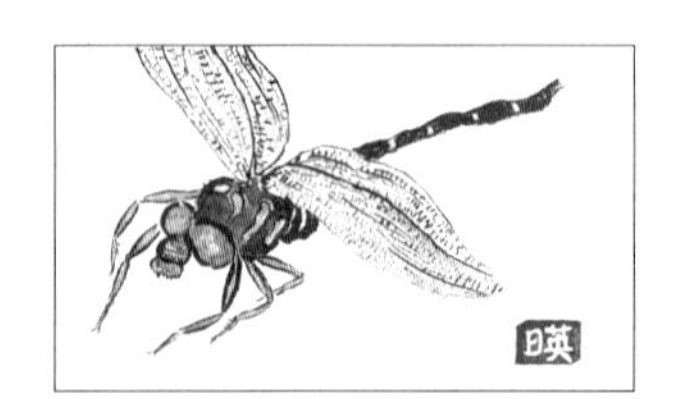

どんな塩梅ですか？

私のような高齢者にとって、夏の日のゴルフは熱中症が恐い。水分を十分に取り、塩分もきちんと補給していないと危ない。

その日も暑かった。途中のホールで前の組との間が詰まったのを幸いに、木陰のベンチに腰をおろして、しばらく休むことにした。

一緒にプレイしていたメンバーの一人が、「梅塩エキス」と印字されたキャンディーをみんなに配ってくれた。梅も塩も、熱中症予防にはもってこいだし、ありがたく頂いた。

私たちの組には今年高校を出たばかりのキャディーがついていた。明るいし、さっぱりした性格なので、みんなから可愛がられている。

私は彼女を手招きして、言った。

「君にちょっと漢字のテストをする」

「え？　そんなのやめてくださいよ」と言いながらも、彼女はこちらに寄ってきた。このあたりが愛される理由だろう。

「このキャンディーには『梅塩』と書いてあるけど、逆にして『塩梅』と書いたら何と読むか、答えなさい」

「エンバイですか」

彼女は間髪を入れず答えた。あまり考えた様子はない。

「そう言うと思ったよ。正解はアンバイと読むんだ」

「アンバイってなんですか？」

彼女はすぐに訊いてきた。そうか、そんな言葉は使わない世代なのだ。

「物事の具合とか体の調子とかを尋ねるときに、『どんなアンバイですか？』と言うことがあるだろう？　昔は味加減に塩と梅酢を使って調整したから、アンバイという言葉に『塩梅』という字を当てて読ませるようにしたのだろうね。本来は『按排』と書くようだけど」

私はスコアカードの余白に、その字を書いてみせた。実はこのことについては、つい先日雑誌で仕込んだばかりの知識だった。

「すごいですね。何でも知っているんですね」

私をおだてたあと、彼女は再び質問してきた。

「すごく勉強になりました。で、もし『どんな塩梅（あんばい）ですか』と尋ねられたら、普通なんと答えるんですか？」

「それはその状態がどうかによるけど、『まあまあです』とか、『あきませんな』とか答えるだろうね」

すると彼女は、さきほど梅塩キャンディーをくれたメンバーに突然向き直り、大きな声で言った。

「今日のゴルフの塩梅はいかがですか？」

二ホール続けて大きな失敗をしていた彼は、憮然として答えた。

「これまでの俺を見ていりゃわかるだろうが。余計なことを訊くな。そんなことより、さあスタートしよう。もう前の組は終わったぞ」

うれしいさよなら

その日私は宮崎から大分行きの上り普通列車に乗っていた。今夜は延岡市内で昔の同僚との飲み会がある。この列車で行けば開宴時刻にちょうど間にあうはずだ。もうみんな七十歳を超えていて、集まれば持病と薬の話題ばかりであるが、久しぶりに顔を見るのは楽しみだった。

車内は気の毒なくらいガラガラに空いていた。四人分のシートを独り占めに、ゆったり足を投げ出す。文庫本を読みながら一時間ほど揺られていると、途中の駅で、

「しばらく停車します」

と車内アナウンスがあった。宮崎駅を後から発車した上り特急が、この駅で私の乗っている普通列車を追い越していくらしい。日豊本線は単線だからこんなことはよくあること

だ。急ぐ旅ではないし、のんびり座っていればいい。

そのまま待っていると、すぐ右隣りのホームに下りの普通列車がやってきて、止まった。この列車もここで待機させられるようだ。特急は左側の線路を通過するのだろう。

停車した下り列車との間隔は一メートルくらいしかなく、窓ガラス越しに車内がはっきり見えた。他人の居間を覗くようで気が引けるが、こういうときは思わず目がいく。すると、同じタイミングで向こうの乗客の一人もこちらを見た。

私は思わず声が出た。なんと、小、中、高校と一緒だった友人がそこにいたのだ。もう十年以上会っていないが、宮崎市内の大学で理系の教授をしていた彼は、今も非常勤で大学に残っていると聞いている。向き合った席には学生らしい若者も二人座っていた。延岡の化学工場でも見学してきた帰りだろう。

それにしても、『臨時に停車した二つの列車の窓越しに知り合いが座っていた』などという偶然は、めったにないのではないだろうか。宝くじに当たるような確率かもしれない。幸運を喜んだ私は窓ガラスの向こうに、やあ、と片手を上げて合図した。友人も私だとすぐ気づき、驚いた顔をしてやはり片手を上げた。

もちろん声は聞こえないが、奇遇だなあ、と口の形が言っている。

「あいつとは実家が近くでね」

などと学生に説明したのだろう、若者たちもこちらを見て丁寧に頭を下げた。私は鷹揚に笑顔で応えた……

と、ここまでは良かった。私にはまだ余裕があった。が、すぐに、厄介なことになったことを知った。

窓の開閉ができないから、手話でもしない限り彼らと直接の会話は不可能だ。友人は学生と何か話しては、ときどきこちらを見る。そのときに知らん振りをしていては悪いから、彼から視線を外せない。向こうは連れがいるから間が持てるだろうが、私はただ笑顔を維持してずっと相手を見ているだけだ。これは、かなりつらい。

上り特急が通り過ぎるまでこの状態は続くのだ。いったいどうすればいいのだろう。文庫本に目を移したいが、彼がたまにでも私を見る限りはそんな冷たい対応はできない。ふだん「まじめで誠実な性格ですね」と人から言われることが多く、自分でもそのように心がけてきたが、この場面ではそれが邪魔をする。

トイレに立つことを考えたが、いかにもわざとらしい。検札でもあればひと息つくのに、あいにく普通列車に車掌は乗っていない。

そのうちに、私の作り笑顔もだんだんこわばってきた。もう限界に近い。友人に気づいて合図したことは仕方ないとして、その後すぐに視線を戻せば良かったと悔やんだが、もう遅い。まったくいつまで待たせるのやら、上りの特急はいっこうに来ない。

時間にすれば数分だったかもしれないが、私には一時間もの長さに思えた。ようやく左の窓の外を、特急列車の黒い影がビュンと通り過ぎた。そして車内放送がのんびりと、

「お待たせしました」

と告げ、私の普通列車も特急のあとを追ってゴトンと動き出した。

別れがこんなにうれしかったことはない。私は最後の力を振り絞った笑顔で、彼らに

「さようなら」

大きく手を振ったのである。

運動会の花火

運動会の季節になると浮かんでくる、どこか懐かしい光景がある。
……学生時代に福島県の裏磐梯(ばんだい)へ旅行したことがあった。山の中を走っていた列車がトンネルを抜けたとき、眼下の盆地に小学校の運動会が見えた。村の分校という感じの小さな学校だった。狭い校庭の真ん中に柱が立ち、そこから四方に張られたロープには無数の万国旗がはためいている。どこから集まったのかと思うほどたくさんの人が、校庭を取り囲んで声援を送っている様子が見える。白い短パンツの男の子たちが懸命に走っているが、何の競技だろうと窓に顔を近づけたとき、列車はまた次のトンネルへ入ったのだった……

十月初めの日曜日、近くに住む小学生の孫娘の運動会に出かけた。

この子は幼い頃から足が速く、学年リレーの常連ではあったが、最終学年の今年、ようやく全校リレーの選手に選ばれたという。私の家系では初めての快挙であり、うれしくてつい早めに会場に着いてしまった。

だが運動会の華であるこの競技は、プログラムの最後に組まれている。待ちに待って、ようやくその開始を告げるアナウンスがあった。私はカメラを片手に人垣を抜け、良く見える場所へと移動した。

選手たちが入場してきた。赤、白、青に分かれていて、青い鉢巻の孫娘の姿もある。緊張してはいないようだが、ひょろひょろと背ばかり高く、少し頼りなげだ。

スタートの合図があり、一年生の女子選手たちが三人、弾かれたように飛び出した。上の学年へと次々にバトンを渡す。青組は五年生の男子で僅差の先頭に立った。いよいよ孫娘の出番である。彼女はバトンを受け取るとその位置を必死に守って走り、アンカーの男子選手につないだ。そのまま彼がゴールのテープを切ると、拍手と大歓声の中、競技終了の合図の花火が、ドーンと上がった――

会場の熱気と興奮はそこで最高潮に達したのだが、その大きな花火の音が、私には全く別の衝撃をもって響いたのである。

「来年も運動会を見られる保証はない」

なぜかそう念を押しているように聞こえたのだ。

運動会の花火なら昨年も経験したはずだが、特に何も感じなかった。どうして今回はこれが最後というように感じたのだろう。そう思うとき、考えられる背景はひとつあった。

実は先日の集団健診で胃腸に異常があると告げられ、週明けには専門病院で検査を受けることになったのだ。最悪の事態も予想され、その不安が頭を占めていたため、花火の音にもそんな反応をしてしまったに違いなかった。

そしてもう一つ、同期生の訃報が二件も続いていたのである。両人とも入院したのはつい先日だし、面会したときは元気そうだったのでショックは大きかった。

通夜の席で誰かが、

「何があってもおかしくない年齢になったということか」

とつぶやいたが、みんな黙って顔を見合わせただけだった。次に選ばれるのは誰か、それがこの私である可能性は十分にあるのだ。母は八十六歳まで生きたが、それを当たり前のように感じていた。しかしこれを超えるのは容易なことではないと、今、改めて思う。

ある高齢の作家がエッセイの中で、あと何回花見に行けるだろうかと書いていたことがある。彼はその一、二年後に亡くなったのではなかったか。そんなことまで思い出す。

幸いにも、その後専門医からは「今後経過観察が必要」と言われただけで済んだ。いつ発病するかわからず、毎年の検査は必要らしいが、とりあえず今回はクリアできてほっとした。

そんなこともあって自分なりに思ったことがある。この年になってからの一年一年はとても貴重で、ビルの階段をゆっくりと上がっていくようなものではないか。もし来年運動会の季節を迎えることができたら、それは次の階へたどり着けた、ということだろう。そこでいったん立ち止まり、生きていることに感謝する時間を持つ。そしてまた、一つ上の階へと上がっていく。そんな心構えで今後を生きようと決意したのだ。これは「来年も運動会が見られる保証はない」と告げた、あの花火の音に応える生き方でもあろうか、と思うのである。

私は庭に出て夕暮れの空を仰ぎ、学生時代に列車の窓から眺めた、小さな運動会を思いやる。賑やかで楽しい一日を過ごした村の人々は畑中の道を家路につき、夕食時は運動会の話題ではずんだことだろう。少年のころ私の家でもそうであったと、どこか郷愁に似たものにふわりと包まれ、心がなごむ。山々に囲まれたあのあたりには、もう晩秋の冷気が漂っている頃だろうか。

蹴りたい奴

日南市に住んでいる友人から、久しぶりに電話があった。ところがかなり酒を飲んでいるようで、ろれつが回らない。今までも酔っぱらって電話をかけてくることはあったが、これほどひどくはない。これは何かあると思った。

彼は小さいながらも磯料理店を経営している。大学を卒業するとすぐ故郷の串間市に帰り、実家の旅館で修行を積み、若くして日南海岸沿いに店を開いた。

彼の結婚式にも出席した。きれいで、よく笑う奥さんだった。その店には何度か立ち寄り、伊勢海老料理を食べたりしたが、彼女の愛想の良い応対もあってか、けっこう繁盛しているようだった。

「本当に君にはお世話になったなあ、ありがとう。俺は明日か明後日にはこの世からいなくなるから、その前に電話しておこうと思ってね」

もともとゆっくりしゃべる男だが、緩んだカセットテープみたいな口調でそんなことを言った。

「いったいどうしたんだ?」

焦って尋ねたがそれには答えないで、一方的に彼はしゃべる。

「家内がこの前急に亡くなってなあ」

私は唖然とした。にぎやかだった彼女の笑顔が浮かぶ。その人が一週間前に急病でこの世を去ったというのだ。まったく知らなかった。

「もう俺は生きていても仕様がないんだ」

彼は間延びした口調で言う。

「息子がいただろう?」

「あれは東京でサラリーマンをしているし、もうこっちに帰ることはない」

「それでも、父親までいなくなったら悲しむだろう。元気を出せよ」

「いや、どうもありがとう。お世話になりました。さようなら」

勝手にそれだけ言って電話は切れた。私は驚いたがどうすることもできない。

酒を飲みすぎただけだろう、最初はそう思った。だが普通、酔ったぐらいでこんなことを口走るはずはない。それより、最愛の妻を亡くしてひどく落ち込み、精神状態がおかしくなった可能性の方が高いのではないか。あまりひどくなると本当に自殺に至るケースもありうる。心配でたまらない。同級生たち何人かに電話してみたが、何も知らないと言う。

あれから三日たった。彼の店まで、車を飛ばせば一時間ほどしかかからないが、デイリーの仕事を持っているため、それができない。念のため新聞は隅から隅まで目を通しているが、それらしい記事はない。もっともよほどの事件性でもなければ、個人の死が載ることはないだろう。ただ、一人住まいなので、「発見が遅れている」という可能性もあるのだ。

彼の携帯電話の番号は着信履歴にある。しかし電話をかけるのがためらわれる。もし、一切応答がないとか、「この電話は使われておりません」とアナウンスされたらと思うと、怖くて電話できない。

私は途方にくれた。本当に彼はこの世からいなくなってしまったのか。あるいは酔っぱらっての冗談だったのか。確かめようがない。とにかくしばらく様子をみることしか今の私にはできない。

だが五日目、とうとう我慢できなくて彼の携帯に電話した。何回かのコールのあと誰かが出た。私は一瞬息を呑んで、その声を待った。

「何かあったか?」

友人の、のんびりした声が聞こえた。

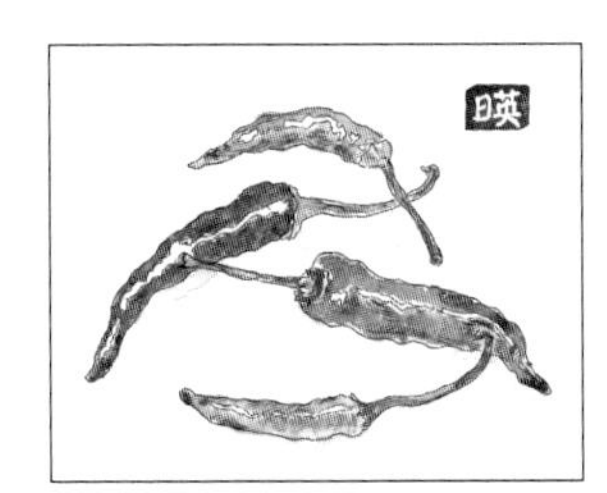

パンパスグラス

今朝の地元新聞にパンパスグラス（和名はシロガネヨシ）の美しい写真が載っていた。私の知っている高鍋町の群落ではなく、日南市の河川敷で撮影されたものだった。

この植物を初めて知ったのは私が社会人になったばかりの頃で、昭和四十一年か二年のことだったと思う。

ある日、高鍋町での仕事を命じられ、路線バスに乗った。国道十号線を北に向かい、新富町から高鍋町に入ったあたり——小高い丘のすそ野に道が真っ直ぐ続く区間がある。その沿道に見慣れぬ植物を見た。ススキに似ているが穂の大きさはその数倍ある。

そういえば数日前、新聞かテレビで、国土交通省がこのあたりにパンパスグラスを植栽したと報じていた。中南米のパンパス（草原地帯）が原産地なのでその名がついたようだ。その植物がこれなのだろう。白銀（しろがね）色に輝く豊かな花の穂が秋風にゆらゆらと揺れている。それが沿道のずっと先まで続く景観は見事で、すっかり魅了されたのだった。

高鍋町での用事を済ませ、宮崎市へ帰ることになった。パンパスグラスをもう一度じっくり見ようと、今度はバスの一番前の席に座った。

運転手に往路での感動を話すと、きれいですよね、と彼は頷いたが、続けて言った。

「でも、あれは生け花に使われるそうで、勝手に刈り取る人をよく見かけます」

パンパスグラスは景観用にわざわざ国が植えたものだ。その美しさに感動した人はたくさんいるはずである。それを私用で刈り取るとはとんでもない話で、私は憤慨して言った。

「そんな奴には厳しく注意しなくてはいけませんね」

「本当ですね」と運転手も相づちを打った。

やがてバスがその区間にさしかかったとき、今まさに花の穂に手をかけている人影を前方に発見した。行きがかり上、放っておけない。私は運転手に

「ガツンと言ってやります」

勇ましく告げ、窓枠を押し上げて顔を外に出した。

そばに近づいたところで「おい」と大声を出すと、その人物はこちらを見た。次の瞬間、私は焦った。なんと、青い目をした外国の青年だったのだ。こんな場合、英語では何と言えばよいのか、とっさに出てこない。何の用かといいたげな顔で彼はこちらを見たが、私は慌てて顔を引っ込めたのである。

その後、そっと窓枠を降ろし、何もなかったかのように座り直すと、運転手をチラと見た。彼は上体を震わせながら、くっくっと笑っていた。

そんな照れくさい思い出が残る場所だが、あれほど沿道を埋め尽くしていたパンパスグラスは、今やそれと探さなければわからないほどの少なさである。県や町もその後の管理をしなかったのだろう。車で通るたびにいつも、あの日の景観を思い、本家復活を期待するのである。

勇者の評価

わずか二十三年の生涯だったのに銅像を建てられた人物がいる。宮崎市糸原出身の谷村計介という人物である。

それなりの功績があってのことだろうが、彼の名前を知っている人は宮崎市民の中にも少ない。私自身も、宮崎市の文化財巡りの仕事で彼の旧宅を訪れるまで、まったく知らなかった。なぜ彼は著名でないのに銅像を建てられたのか、色々と調べていくうちに分かってきたことがある。

谷村計介は明治十年の西南戦争の際、政府軍にいた若い兵士である。

熊本城に立てこもった政府軍は西郷軍に包囲され、武器食料とも底をつく危機的状況にあった。これを打開するためには、福岡県境の玉名付近まで南下している政府軍本隊に、助けを求める必要がある。熊本鎮台の司令官・谷 干城からその重要な役目を命じられたのが、伍長の谷村計介だった。

計介は顔や手足に鍋ずみを塗り、ぼろの半天を着た百姓姿になって城を出た。敵に二度も捕らえられたがそのたび脱出し、数日かかって政府軍本隊にたどり着く。計介から報告を受けた本隊はすぐに、彼を伴い熊本城に向かった。そして途中の田原坂で西郷軍との激戦を制したのだが、そのとき計介は胸に銃弾を浴びて戦死した。享年二十三歳だった。

田原坂での勝利以降、政府軍は一気に西郷軍を制圧していったが、もしその前に熊本城（鎮台）が陥落していたら、戦況はどうなっていたかわからなかった。計介の功績を高く評価した明治政府は、彼を忠君愛国の士として国定教科書に載せ、「谷村計介の歌」という唱歌まで作った。熊本城内に銅像も建てられ、大正十三年には従五位が贈られるほどであった。

ここまで栄誉が与えられたのには、これは想像だが、前述の司令官・谷 干城の後押しがあったからではないだろうか。谷は新しい明治政府で要職に就いたが、今があるのは計介のおかげと言ってよいからである。また、谷は安井息軒が江戸で開いた三計塾の塾生でもあったから、師の息軒と同じ宮崎県民の谷村計介に、いくらかでも親しみがあったのではないか、とも思う。

ともかくこうして計介は没後に明治政府から英雄として称賛されたのであるが、彼の郷里ではまるで逆の評価だった。

宮崎市糸原（倉岡）はもともと薩摩藩領だったため、西南戦争が始まると、大半の若者は当然のように西郷軍に加わった。官軍側についたのは計介ともう一人だけであったという。既に熊本鎮台で軍務についていた計介としては、官軍の一員として戦うことは自然の流れだったと思われる。また、西郷軍が賊軍だという認識もあっただろう。

しかし糸原の人々は計介を認めなかった。彼の葬儀が郷里で行われたとき、会葬者の姿はほとんどなかった。また、遺族は村八分の扱いを受けていたという。住民にしてみれば、名前を口にすることさえ腹立たしい存在だったのに違いない。計介のせいで薩摩軍は負けてしまったとも言えるのであるから。

計介の胸像が倉岡神社の裏山（倉岡城跡）に建っているが、人目を避けるかのように寂しい場所にあった。そして、神社入口の赤い鳥居の真ん中に描かれていたのは、「丸に十の字」即ち島津家の家紋だった。これがすべてを物語っているように思える。県境に近い都城でも日南でもなく、鹿児島から遠く離れた宮崎市の糸原地区に、バリバリの薩摩藩があったのだ。

谷村計介の旧宅跡は、その赤い鳥居の真向かいの道路を少し入ったところにあった。立ち木に囲まれたほの暗い五十坪ほどの敷地に、ひっそりと彼の墓だけが残っていて、「勝てば官軍」のはずが、故郷の人々からは「賊軍」として扱われた勇者の悲哀を感じたことだった。

カレーに名前を

大分の湯布院に一泊しての帰り、延岡市の国道沿いにある大きなドライブインで昼食をとることにした。初めての店なので、何がおいしいかわからない。お勧めメニューに、この地の名物「鮎」を使った丼が書いてあった。私はそれに決めたが、魚が苦手な妻は普通のビーフカレーにすると言う。

「どんな食堂でもカレーライスならまず当たり外れがない」というのが彼女の持論である。カレーはごく一般的な料理であり、調理人は日本人が平均的に好きな味をわかっているはずだから、と言う。なるほど、そういうものかもしれない。

ところがこの店のメニュー表には、カツやチキンのカレーはあるが、注文すべき「ビーフカレー」という名前はなぜか見当たらない。

なおも探すと下の方に、「カレー（ルーのみ）」というのがあった。いったい、どんなカレーなのだろう。（ルーのみ）というのだから、ライスはなくて持ち帰り用だろうか。

詳しく聞こうとウエイトレスを呼んだ。頬の赤い、まだ高校を出たばかりのような女の子が来た。

「このカレーはどんなものですか？」

するると彼女は胸を張って、

「そのカレーには、カツやビーフなど何も入っていませんから、（ルーのみ）としているんです」

すらすらと説明する。マニュアルがあるのだろう。

「ルーだけで他に何も入ってないカレーというのは、あまり聞いたことがないな。人参とか野菜も入ってないの？　何かをトッピングするわけでもないんだよね？　カレーだけでライスがついてないものかとも思うし、これではよくわからないな」

私が言うと、彼女は、

「確かにちょっとわかりにくい名前ですよね。野菜くらいは入っていたと思うんですけど……。すみません」

小さな声で言い、ぺこりと頭を下げた。

「ではその『ルーのみのカレー』をお願いしますね」

やりとりを聞いていた妻は、笑いながら注文した。


やがてカレーが来た。ウエイトレスはその皿を妻の前に置き、

「お待たせしました。ルーのみのカレーです」

大きな声で言ったあと、プッと吹き出した。自分でもおかしかったのだろう。

ライスの上に濃い茶色のカレーが掛けてあるが、肉や野菜などの、いわゆる固形物の姿は見当たらない。普通のカレーライスなら幾らかは入っているはずで、このカレーはなるほど、（ルーのみ）に違いなかった。もっとも、それを食べている間、妻は「おいしい」とも「まずい」とも言わなかったから、味はまずまずだったのだろう。

食事を終え、コップの水を飲みながら、妻はしきりに頭をひねっている。

「どうした？　何を考えている？」

私が訊くと、彼女は苦笑いしながら言った。

「このカレーに何かいい名前はないかと、食べながらずっと考えていたのよ。このままでは誰もわからなくて困るだろうから。だけど思いつかない。やっぱり、「カレー（ルーのみ）」とするしかないかもね」

につけの話

手元に中学校を卒業したときの名簿がある。昭和十八年度生の私たちは第一次ベビーブームの少し前だが、それでも生徒数は多い。一クラス五十五人で八クラスもあった。中学校の建物は木造で、教室は薄暗かった。おまけにすし詰め状態だったが、それでも私たちは仲が良く、楽しい三年間を過ごした。

卒業して二十年ほどして、第一回の同窓会が開かれた。世話好きな男がいて、彼が音頭を取ってみんなを集めた。以後、二年に一度、彼を中心に同窓会は開かれてきた。還暦のときは霧島に一泊旅行し、大いに盛り上がった。住所変更もきちんと把握しているしっかり者だから、みんな安心して良かった。

だが、その同窓会が開かれなくなって久しい。彼が急逝してしまい、あとは途切れたままになっているのである。面倒で気配りも要るそんな仕事を今からやるには、みんな年を取り過ぎたのだろう。いつも楽しい集まりだったから残念だが、これも時の流れだと思うしかない。

あれは結果的に最後となった同窓会だったろうか。気心の知れた顔ぶれが五十人ほど集まり、和気あいあいと会は始まった。

同窓会にはいつも何人か恩師を呼んでいたが、先生方もさすがに高齢となり、この日はS先生一人だけだった。物腰が柔らかでユーモアもあり、生徒たちに人気のある先生だった。

何人かのカラオケが終わったあと、司会者がS先生にスピーチの指名をした。九十歳近い先生は周囲の助けを借りてゆっくり立ち上がったが、マイクを握ると背筋を伸ばし、いつものにこやかな顔になった。そして国語の試験の思い出を話された。

「教科書に『うれしいにつけ悲しいにつけ、私は故郷を思い出す』という文章があったので、『○○につけ○○につけ』を使った短文を作るよう、君たちに出題しました。

するとある生徒が、『魚のにつけもかぼちゃのにつけも、父の大好物です』と答えていました」

みんな、わっと笑った。

「まだあるよ」

反応を楽しむかのように私たちを見回し、先生は続けた。

「ここにいるY君は野球部員だったよね。『監督から、二塁につけ、二塁の守備につけ、と言われました』と書いていていました」

同窓生たちは慌てた表情のYの肩や背中を叩き、笑い転げた。

「そんな恥ずかしいこと、思い出させないでください」

Yが言うと、また会場は沸いた。

こうして楽しい宴は続いたのだが、珍解答の二人が、その試験でマルを貰えたのかは、残念ながら聞きもらした。想定外の解答は、きっと採点者を悩ませたことだろう。それでもあの時代のことだから、半分くらいの点数は貰えたのではないだろうか。そう思うと、また可笑しくなる。

あの日以来、煮込んだ魚を食べるにつけ、テレビで二塁手の守備を見るにつけ、口元がゆるむ。そして改めて、こんな純朴な仲間や先生と過ごした、のどかで平穏な日々を思うのだ。

「夢はいつもかへって行った。山の麓のさびしい村に……」と詩人の立原道造はうたっているが、私に安心して帰っていける場所があるとするなら、それはあの古くて薄暗かった中学校の教室に違いない。

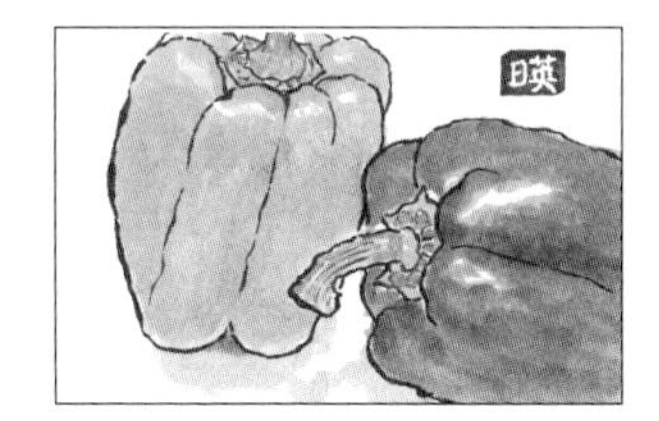

超高齢歌謡集団

歌の好きな男性数人で、ときにボランティア活動をしている。想像したくもない、と言われそうだが、平均年齢八十二歳という超高齢歌謡集団である。八十九歳の人が最高齢で、七十八歳の私など下から二番目だ。

老健施設やデイサービスなどでは、たいてい月に一度は誕生会が催される。その席にギターとカラオケ持参で慰問に行くのだが、私たちの歌のレベルは高いわけではない。リーダーのOさんこそプロ級であるが、私を含め他のメンバーは、のど自慢に出ればせいぜい『鐘二つ』だろう。それで先方には、くれぐれも歌の上手下手は問わないようお願いしている。言い訳がましいが、あくまでボランティア活動であり、私たちと同年配の入居者に『懐かしい歌を届けること』――それだけを目的としているからである。

訪問の日程が決まったら、施設の係員に頼み、事前に誕生月の人の一番好きな歌を教えてもらう。私たちのプログラムの中にその曲を入れ、サプライズでお祝いをするというのを、生意気にも〝ウリ〟としているのである。

ただ、施設の係員はほとんどが若い女性で、昭和の歌などまるで知らない。恐らく初めて聞く曲名ばかりだろう。その上に、誕生月のお祝いを受ける当事者の記憶もあいまいだったりする。そのためか、時々勘違いが起きる。

ある施設に希望曲を尋ねたときのことだ。

「あの、『嫁に来ないか』という曲がありますか？　それを希望されているのですが」

遠慮がちに係の女性から電話があった。だが新沼謙治のその曲なら、私の十八番であり、カラオケのCDも持っている。

「OKですよ！」と勢いよく返事し、余裕で当日訪問すると、

「すみません。加山雄三の『お嫁においで』だったそうです」

彼女は申し訳なさそうに言った。

「確かに似たような題名ですね」と大笑いしたものの、流しのギター弾きのように即応する力はない。その場は新沼謙治で勘弁してもらったのだった。

それでも観客の皆さんは笑顔で暖かい拍手をしてくださる。この活動をしていてうれしいのはまさにその瞬間であるが、私たちはもう二年以上も歌を届けに行けないでいる。新型コロナよ、超高齢歌謡集団に、時間はあまりないのだ。

絵を見る力

G社長とは趣味のコーラスを通じてもう二十年以上の付き合いになる。とぼけたユーモアでいつも周囲をなごませる人物である。なので、彼の小さな事務所は友人知人のたまり場になっていて、私もよく顔を出す。

その日も、特に何の用というわけでもなく訪れて雑談していると、社長の後輩で私も良く知っているI氏がやってきた。何か大事そうに抱えている。

それは絵だった。彼がパステル画教室に通っていることは聞いていたが、今度、市の美術展に出品することにしたそうで、その作品を見せにきたのだった。

テーブルに広げられたのは、ぼんやりした色調（これがパステル画の特色だそうだが）の静物画で、どこか褒めようと思ったものの、印象的な箇所がまったくない。仕方なく、わず

かに赤い色が目立つ花らしきものを指さして、

「きれいな赤ですね」。そう言うと、

「あなたは絵を見る力がありますね。先生も同じことを言いました」

こちらが恐縮するほど、彼は大喜びした。

一方、G社長だが、じっと絵を見ていて何も言わない。もっとも、これまでの付き合いで、彼が絵に詳しいとは思えない。いったい何と評するだろうかと待っていると、

「I君、これは見事に絵の具を最小限に使った絵だね」

真面目な顔でそう言ったのである。彼独特のユーモアで、全体的に色が薄いという意味だろうが、私は思わず吹き出した。

「まったく、こんな絵を見る力のない人に見せるのではなかった。時間の無駄だった」

苦笑いしながら、I氏は作品を回収して帰っていった。

これは後で聞いたのだが、それから一カ月ほどして、I氏はG社長の事務所を訪れ、

「あの絵が奨励賞に入賞しました」

と勇んで報告したそうであった。

「奨励賞というのは特選の次の賞ですから、すごいでしょう？　審査員からも、色使い

が大変良い、と褒められました」

興奮して話す後輩に対し、G社長は、

「もう少し絵の具の量が多ければ良かったのに。惜しかったね」

またもやとぼけた発言をして、I氏を困惑させたそうであった。


それでもG社長は、I氏のことを気にはかけているようだ。展覧会が始まるとすぐ、一緒に見に行こう、と私を誘った。

会場の一番奥に、特選の絵が何点か展示してあり、I氏の例の絵もすぐ近くにあった。二人で何度も見比べるが、素人目には、特選の絵とそれほど差があるようには見えない。

「ね、このあたりの色をもっと濃くして際立させていたら、特選だったよ」

G社長はここでも持論を述べた。

ピント外れの意見だとは思う。しかしここまで一貫して主張されると、それもアリかという気にさせるから、すごい。その点だけは褒めておかねば、と、

「社長の絵を見る力は十分奨励賞級ですね」

特選の次のレベルであるから、かなり高く評価したつもりだったが、彼は不満そうな顔をして、返事をしなかった。色の付け方が足りなかったのだろうか。

姫と私

その少女はいつも遅れて学校に来る。たいてい二時間目の始め頃に、教室の引き戸をそっと開けて、にこにこしながら中を見回す。近くの生徒が気づいて、

「さあ、入って、入って」と声をかけると、笑みを浮かべたまま、悠然と入ってくる。授業中なのだが、悪びれた様子はまったくない。ゆっくりランドセルを机の上に置き、教科書などを取り出し、空になったら教室の後ろの棚へ置きに行く。そしてようやく椅子に座る。その間、四、五分かかる。

担任はまだ若い男の先生だが、彼女に注意したり怒ったりすることなく、淡々と授業を進める。教室にいる生徒たちも、

「どうして遅くなったの?」とか一切聞かない。これが普通、という感じである。きっ

と一年生だった昨年からそうだったからだろう。

私は呆れながらも、なかば感心して彼女の様子を見ている。授業中であろうがまったく意に介さず、「みんなはみんな、私は私」と泰然としている。その超越ぶりから、私は彼女のことをひそかに「姫」と呼んでいる。

私がいるのは小学校二年生の教室だが、担任の授業のアシスタントをしているのではない。このクラスのある生徒の「見守り」や「世話」をするために、市教委から派遣されているのである。

基本、丸一日教室で一緒に授業を受けて過ごす。いわば〝門前の小僧〟でいるのだが、そのおかげで、漢字の書き順がいかにいい加減だったか、何度も気付かされ勉強になった。

私は教室の後ろに離れて座っているが、休み時間には何人かの生徒が周りに集まって来て、その対応に忙しい。

彼らの目的は私と腕相撲をすることである。子どもたちがこれほど腕相撲を好きだとは知らなかった。男の子を負かす剛腕の女の子もいる。あちこちの席ですぐに対戦が始まるが、たまには私のような後期高齢者を相手にしたいのだろう。

「先生、本気出していいよ」などと生意気なことを言いながら、細い腕で挑戦してくる。

だが、何と言ってもまだ八歳である。断然私の方が強いが、時に負けてやると、彼らは大いに喜ぶ。

姫も私の席によく来るが、腕相撲が目的ではない。

「先生、あのね」とたわいもないことを報告することが多い。ただ、ときには算数の答えを教えてもらおうとしてやって来る。

彼女が算数を苦手としていることは、授業の様子を見ていてもわかる。両手の指を懸命に折りながら計算しているが、それでも間違えるようだ。テストを返されたあと、担任から再提出をよく命じられている。そこで休み時間になると、腕相撲が始まる前に、彼女は誰よりも早くその再提出用紙を持って私の席へ来るのだ。

何カ所も赤鉛筆で「✓」がしてある。特に引き算がわからないようだ。生徒に教える行為は禁じられているのだが、こんな場合は仕方がないだろうと勝手に解釈して、計算のやり方を指導する。時間がかかるが、わかってくれて無邪気な笑顔を見せられると、うれしい。

ある日の昼休みのことだった。姫が私のそばに来て折りたたんだ色紙を渡した。「開けてみて」と言う。そこには濃い鉛筆で、

「先生はいつもわからないところを教えてくれてありがとう。先生、大好きです」と書

いてあった。もちろん「大好き」と言っても、英語で言えばlikeであろうが、悪い気はしない。

「ありがとう」と言うと、姫はニッと笑って席に戻っていった。

もうすぐ夏休みというある日、私は姫を手招きし、どうして一時間目から出てこないのかを訊いた。

「目が覚めないの」と彼女は答えた。それでも親はあまり厳しく言わないのだろう。朝起きた時刻によって登校時間が決まるので、二時間目や三時間目になるのだという。もっと遅い起床になった日は学校を休む。不登校児ではないが、その一歩手前というところだろうか。

家庭の事情とか、微妙な問題はないようなので、通常の登校はできそうである。一時間目には主要な科目が組まれているから、そこを休むのは今後のためにも良くない。

そこで彼女に言ってみた。

「新学期からは一時間目に来ようよ」

すると彼女は意外にも「うん」とすぐ答えたのである。拍子抜けしたが、これはいけるかもしれないと思った。

「じゃあ指切りしよう」

そう言って彼女と「指切りげんまん、指切ったら針千本飲ます。指切った」とやった。

指切りなど、何十年振りだろうか。

それを見ていた担任があとで、

「何の約束をしていたのですか？」と笑いながら訊いた。そこでいきさつを語ると、「そうなってくれるといいですね。楽しみです」と彼も喜んでいた。


夏休みが終わり、始業式の日が来た。しかし姫は来ない。二時間目になっても三時間目になっても姿を見せない。結局休んで、翌日も登校しなかった。

私は焦った。指切りまでしたあの約束が、姫にはプレッシャーとなったのではないだろうか。ただでさえ登校を迷う子なのだ。一時間目に間に合うように来るというのは、よほどの決心が必要なのだ。まずいことに担任は〝指切り〟の経緯を知っているし、これは責任問題になりかねない。

本気で心配したが、ようやく三日目の二時間目に姫は出てきた。いつものように悠々と席につく。しかし私との約束は忘れているようで、顔を合わせても何も言わなかった。指切りのことなど気にも留めていないのだろう。がっかりしたが、さすが姫だ、とおかしかった。

算数は応用問題が多くなり、姫はますます苦手になっているようだ。国語もあまりわからない。算数は文章の理解力、すなわち国語の力がないと解けないことがよくわかる。

「AとBではどちらがどれだけ多いか」という問題で、担任は黒板に図を書いて説明する。誰が見てもわかるほど懇切丁寧だが、それでも彼女は頭をひねっている。

「何度も文章を読んだらわかるからね」とあるとき励ますと、

「私の頭の中は空っぽだからわからない」と投げやりに言ったが、すぐに、

「先生のことで頭はいっぱいなの」といたずらっぽく笑った。

私はショックを受けた。この発言は何を意味しているのだろう。愛の告白を受けたのだろうか。これはもうlikeでなくloveではないか。それにしてもすごい殺し文句だ。小学校二年生でこれだから、成人したらどんなセリフを言うのだろう。

だが、私が嬉しく悩む時間は短かった。それから十日くらいして、姫は私の席に来るなり言った。

「先生、私はH君が好き。あの人としゃべっていると楽しい」

H君というのは同じクラスにいる、スポーツ好きの活発な男の子である。そういえば秋

の遠足のとき、この二人はみんなから少し離れたところで仲良く弁当を食べていた。それに教室での姫は最近、H君と顔を見合わせてうれしそうに笑っていることがよくある。そうだったのか、と思った。そしてその瞬間、私は姫の「元彼」になってしまったのである。手も握っていないのに。

姫との別れは突然来た。正月明けの始業式に彼女の姿はなかった。父親の仕事の都合で、急に延岡市へ引っ越してしまったという。

もう彼女と会う機会はないだろう。向こうの小学校でもやはり二時間目に登校しているのだろうか。姫に理解のあるクラスだろうか。算数はわかるようになっただろうか……

心配は多いが、姫は姫らしく、自然体で過ごしているのだろうと思っている。

ABC－XY「Z」

市内の小学校で昨年からある生徒の見守りの仕事をしているが、その子も三年生になった。

この学年からは外国語の授業が始まる。担任が教えるのではなく、専科の先生がいる特別教室に出向き、授業を受ける。私たちの時代は中学校で初めて英語を習ったのだから、数年早い。

最初にその教室を訪れたとき、棚に英語の絵本はあるのに英和辞典が一冊もないのに気づいた。絵本とはいえ、知らない単語が幾つも出てくる。これでは理解するのに困るのではないだろうかと思い、専科の先生に尋ねると、

「小学校では英語の文章を読むことはしません。英語は耳から入れますから、英和辞典は使わないのです」と言われた。昔とまったく違う教え方なのだ。英語で書かれたテキストを読むのではなく、すべて英語による会話である。先生やCDの音を聞き、DVDの映像を見ながら口に出し、理解する。

間違いなくこの方が実用的と思われる。高学年の子どもたちは、学校に派遣されてくるALT（外国語指導助手）にも平気で声をかけているが、私など、中学、高校と六年間も英語を習ったはずなのに、手も足も出ない。

さて、その日の授業は『アルファベットの発音』がテーマだった。先生が紙にAとかBとか書いたものを次々に生徒に見せ、エイ、ビー、シーと発音する。生徒はそれを復唱する。私もこれくらいは理解できるので一緒に声を出していたが、最後の「Z」で「えっ?」となった。先生は「ゼッド」ではなく「ズィー」と発音したのである。英語に出会った最初から、「Z」は「ゼッド」と教えられ、これまで七十年近く、それが当たり前と信じてきたのだが。

私に根拠はある。昭和三十年代にフランク永井の「西銀座駅前」という曲がヒットしたが、その歌詞の出だしは「ABC―XYZ　これがおいらの口癖さ……」である。そして低音が魅力のフランク永井は、確かにこのZを「ゼッド」と歌っていたのだ。少なくとも「ズィー」ではなかった。当時、誰も彼のZの発音について異議を唱える者はいなかった。つまり、「ゼッド」と読むのが正しかったはずなのだ。

混乱した私は、授業が終わるとすぐ先生のそばへ行き、この疑問を投げかけた。すると先生はこう答えた。

「ゼッドは英国式の発音です。今、小学校では米語で教えていますので、ズィーと発音するのです」

なるほど、それでわかった。昭和三十一年、当時中学一年生の私たちは、文字通り〝英語〟で教えられていたのだ。ではいつから〝米語〟に代わったのだろう。恐らく昭和も終わりの頃だったのではないか。

四学年下の妻も「ゼッド世代」のはずで、きっと私と同じように驚くはずだ。帰宅してすぐ、試しに質問してみた。

「アルファベットの最後は何と発音する?」すると妻は即座に、

「ズィー」と答えた。最初からそう教えられたよ、と言う。

私はあっけにとられた。教育界における英語から米語への転換は、なんと私が習い始めた直後に行われたようだ。戦後の日本に対する英国と米国の影響力は、このあたりから逆転していったということだろうか。

単語の幾つかが英語と米語で違うとは聞いたことがあるが、アルファベットの段階で発音が異なるとは、恥ずかしながらこの年になるまで知らなかった。

あらためて「西銀座駅前」を歌ってみる。

「ABC—X・Y・ズィー……」いや、何だか締まらない。やはりここは、「ゼッド!」と力強く発音しないと、私にはピッタリこないようだ。

反らない親指

テレビで女性歌手が大きな身ぶり手ぶりで歌っている。私の視線はついその指先に行く。

そして親指が大きく反っているのを見つけると、

「ああ、この人はきっと器用なのだろうな」と、反射的に思うのである。

私は子どもの頃から手先が不器用だった。釘を打てば斜めに入っていくし、箱を作れば必ずどこかが歪んでいる。こと工作に関して、まともな形に出来上がったことは、これまで一度もない。

しかし父は実に器用だった。棚の修理も犬小屋作りも、本職顔負けにきれいに仕上げた。

そんな父は私を歯がゆく思っていたことだろう。あるとき、肥後守で鉛筆を削っている私

の手をしみじみと見て、

「お前の親指は反っていないからなあ。器用な奴はみんな、このように反っているんだが」と自分の親指を私の目の前に持ってきた。確かにそれは、第一関節から直角に外へ曲げることができた。さらに父はその親指の腹で、押しピンの頭をぐいと押し込んでみせた。指の力を十分に受けて、ピンはまっすぐ入っていく。鮮やかで、手品を見るようであった。

私もやってみたが、うまくいかない。子どもの力ということもあるが、直立した親指では、いかにも力が伝わりそうになかった。

私には弟が二人いるが、彼らは双方器用で、親指がきゅっと気持ちよく反り返っている。しかし母は器用でなく、親指は真っすぐだった。

「私に似たようでごめんね」。事あるごとに、母はすまなさそうに言った。

親指の反りと器用さの間に密接な関連があるのか、調べたわけではないが、少なくとも私の家族に関してはそれがはっきりしている。そんなことから、他人の親指が反っているかどうか、つい見てしまう癖がついたのだ。

父の期待に応えることはなかったが、小学六年生のとき、一度だけ褒められたことがある。といっても少し微妙で、こんな状況だった。

夏休みの宿題で小さな本棚を作っていた。最後の仕上げに釘をトントンと打ちつけていたのだが、その音が家の外まで響いていたようだ。ちょうど外出先から帰った父がそれを聞いていたらしく、

「いいぞ、いいぞ、その調子だ」などと言いながら家に入ってきたのである。

「今のリズムは良かった。上手かどうかは、音を聞けばわかる」と上機嫌だった。しかし作品を見たあとは、何も言わずに奥に行ってしまった。

大人になってからも、私の不器用さは変わらなかった。それでいてなぜか、家屋の補修や工作をするのが好きでたまらないのである。『下手の横好き』という言葉があるが、まさに私のことを指しているようだ。

初めは障子張りをした。襖も手掛けたがちょっと手ごわく、一枚だけで終わった。植物の水やりに雨水を使おうと、テラスのひさしに雨どいを設置した。勾配が不自然だが、六十リットル入りのポリ容器に溜まった水は、大いに役に立っている。また、庭で休憩するための椅子も作った。ただこれはすぐに、シクラメンの小鉢を乗せる台になった。

こうして私の「反らない親指」は、出来具合はともかく、それなりに仕事をしてきた。そしてその集大成として、ちょっとした工事を企てたのだ。

四畳の書斎の床がたわみ、剝がれ始めて、このままでは床が抜けてしまう恐れが出てきた。専門家に頼めば十万円以上かかるだろうし、自分で張り替えてみようと思ったのである。

ただ、たわんでいるとはいえ床板を剝がすのは大変なので、その上から新しい板を張ることにした。合板を十枚ほど買ってきて、同じ長さに計り、鋸で切り揃える。そしてそれを書斎の端から順に釘で打ちつけていく。それほどむずかしい作業ではない。

半日以上かかったが、何とか張り終えた。ところがチェックしてみると、あれほど長さを揃えたはずなのに、壁との隙間が一センチ以上空いた床板が三枚もある。やはり俺は不器用だったか、とがっかりした。しかし書斎を覗きにきた妻は、

「素晴らしい。上出来よ。見えないところだから平気」。手を叩いて誉めてくれた。少し、自信になった。

「働けど働けど……」と嘆きつつ、啄木はじっと手を見た。一方で私は、不器用の象徴たる親指をじっと見る。しかしいくら見つめてもそれは、愚直に天を指して立ったままである。

だが考えてみれば、これで日常生活に何か支障があるわけではない。押しピンが入らな

いときは、金槌で軽く叩けばすむ。指相撲をするのにちょっと不利だが、まあそんな機会もないだろう。

八十年を共に生きたこの「反らない親指」。これから先も、愛おしみながら付き合って行こうと思っている。

旅するフリーター

その男を車に拾ったのは私が二十四歳のときだったから、もう五十五年も前のことになる。

その日私は、交際中だった今の妻を隣町にある実家まで送り届け、一人住まいのアパートへ引き返す途中だった。

夜の十時を過ぎた頃で、いつの間にか細かい雨が降り始めていた。車のライトが照らす左前方に、大きなリュックを背負い、傘もささずに歩いている男の後ろ姿が見えた。若い旅行者のようだが、このあたりにはレストランもホテルもない。私は気になって男の横に車を寄せ、助手席の窓を下ろした。

男は立ち止まり、こちらを向いた。赤黒く日焼けし、太い眉とぎょろりとした目をしていたが、かなり疲れているように見えた。白い野球帽も、水を含んで重そうにしている。

「どこまで行くのですか」

私は尋ねた。男は答えた。

「どこかホテルはないかと思って」

「まだ十キロ以上はありますよ。乗せていってあげましょうか」

そう言うと、彼はぶっきらぼうに、「お、いいのか」と大きな声で言い、さっさと後ろ座席に乗り込んできた。

私は車を発進させた。どのホテルに送るか考えてみたが、どこにしても私のアパートより先の方向だった。どうせ帰っても寝るだけだし、デート帰りで鷹揚な気分になっていた。

「うちに泊まってもいいけど」

すると彼は再び無愛想に、「お、いいのか」と応じたがそれきり黙っている。普通なら「助かります」とか「ありがとう」とか言うところだが、何も言葉はない。

変わった奴を乗せたと思った。荒川と名乗る男との、これが出会いだった。

部屋に入り明るい光の中で見ると、荒川の服装はひどく汚れていた。何日も洗濯していないのだろうが、それにしても靴下から立ち昇る臭気は強烈だった。さすがに彼もそれに気づいて、あわてて靴下を脱いで丸め、リュックの中に押し込んだ。

その夜は風呂をすませたあと、すぐに寝ることにした。彼が強盗に早変わりするとか、そういう心配はまったくしなかった。どうせたいした物はない。私はすぐに寝入ってしまった。

翌朝、トーストとミルクだけの食事をしながら、少しずつ彼のことを聞いた。それによると、荒川は名古屋の生まれで、年齢は私より二歳若かった。家には両親と、兄が一人住んでいるそうであった。

正規の職に就いたことは一度もない、と荒川は言った。彼は笑顔を見せることはほとんどなく、話すときも、最小限のことだけをまるで単語帳から拾い出すように短く言うだけだった。これでは面接を受けても、正社員としての採用に至るのは難しいだろう。

荒川はアルバイトをしながら日本全国を旅しているそうであった。冬は北海道のスキー場で働き、夏は高知の海水浴場で海の家を手伝う、というように、全国を渡り歩いて生活していた。季節ごとにどこが人手を必要としているか、すべて知っているそうであった。

働きたいときだけ働き、必要なお金が貯まれば、また次の旅に出る。誰からも束縛されない、自由な生き方を荒川はしていた。そんな人が世の中にいることを、初めて知ったのだった。

フリーターと呼ばれる人たちがいる。

フリーは『自由な』、そしてターは『アルバイトする人』を意味していて、あわせてフリーターである。今から三十年ほど前に、日本のあるジャーナリストが作った和製英語だといわれている。

定職に就かず、パートやアルバイトなどで生計を立てている若者のことを指し、年齢的には十八歳から三十四歳まで、という定義があるようだ。全国に四百万人近くいると聞いたことがある。

フリーターもいろいろで、歌手や俳優として世に出るまでの間にアルバイトで生活を支える者、あるいは、天職を見つけるためと称して転々と仕事を変えていく者。また、荒川のように、とにかく誰にも束縛されず自由に生きたいから、という理由の人たちも結構いるようだ。荒川と出会った当時、まだフリーターという言葉はなかったが、彼はその『走り』だったと言っていいだろう。

その後、荒川は三年に一度くらいの割合で私の家に泊まった。私が新婚のときも、二人の娘たちが小さいときもやってきた。前もって電話をしてくることもたまにはあるが、たいていは連絡もなしにいきなり現れた。

そんな彼だが、律儀なところもあった。それは、次の落ち着き先から必ず何かお礼を届けてくることだった。品物は長野のリンゴだったり、沖縄の焼き物だったりした。それが一宿一飯の恩義だと、彼なりに思っていたのだろう。

リンゴのときは、「飯田のリンゴ園でアルバイトを始めた」と短い手紙が添えてあった。そこの園主から選んでもらったのだろう、これまで食べたことがないほどおいしかったことを覚えている。

荒川は全国に何カ所か、私のような『無料宿泊所』を持っていた。その名前を控えたノートを、ちらっと見せてくれたことがある。それはほかの貴重品とともに、大事にリュックの中に保管されているようであった。


荒川と初めて会ってから二十年ほどが過ぎた。私は会社では中間管理職となり、毎日神経をすり減らして働いていた。

一方荒川は、いつ見ても出会ったときとあまり変わらなかった。彼とてストレスはあるはずだが、旅に出ることで気分も一新されるのだろう。だがそんなフリーター的生き方に、私はいつか腹立たしさを覚えるようになっていた。

独身で気の向くままの生活をしている彼に、家族を養いながら常に何かと戦わねばならないサラリーマンの苦労など、わかるはずがない。出会った頃はこちらも自由気ままだった。だがこの二十年あまりで、完全に住む世界が異なってきたのだ。それを彼はわかっていない、と思った。業績が上がらず、精神的に疲れていたからかもしれないが、私は次第に彼がうとましくなり、あまり来てほしくないと思い始めていた。

彼を避けようとするのには、もう一つ理由があった。それは娘たちが年頃になってきたことである。

もっとも、娘たちが荒川を嫌悪したり、警戒感を口にしたりしたわけではない。私にしても、彼が問題を起こす男でないことはわかっていたが、やはり一抹の不安はあった。何しろ彼は『住所不定・無職』である上に、携帯電話も持っていない。いつも向こうからの一方通行である。考えてみれば、私は荒川の下の名前さえも知らないのだ。もし何かあっても、探し出す手立てはないのである。

悪いとは思いながら、私は荒川に対し素っ気ない態度を取るようになり、彼もそれを感じたのか、次第に来訪は間遠になった。

そして十年前の冬の夜、もう十二時に近かった。玄関のブザーが鳴り、誰かと問うと

「荒川です」。聞き覚えのある声だった。

ドアを開けた。彼は随分年を取ったように見えた。毛糸の帽子をかぶり、厚手のコートを着ていたが、寒いのか体を小刻みに揺すっている。

「これを持ってきた。食ってくれ」

彼はそう言ってコンビニの袋を差し出した。中を覗くと、インスタントラーメンが三個入っていた。

「ありがとう」

私が受け取ったままでいると、

「じゃ、またな」

荒川は踵を返そうとした。

「荷物は?」と私は尋ねた。いつもの大きなリュックが見当たらないのだ。

「向こうに置いてきた」

彼は遠くを指差した。

最初からここに泊まるつもりで来たわけではない、と荒川は言いたかったのだろう。しかし車もない彼に、こんな遅い時間から行く当てがあるとは思えない。

私の家での宿泊はまず断られると彼も思っていて、それでもわずかな可能性を頼りに、リュックはすぐ取りに戻れるところに置き、軽い手土産だけを持って顔を出したのだろう。

そんな彼を不憫には思ったが、私は泊まって行けとは言わなかった。妻が風邪で寝ていたこともあるが、連絡もなしに深夜他人の家を訪ねるという非常識さは、我慢ならなかった。

「寒いから気を付けて」

私がそれだけ言うと、荒川は片手を上げ、あっさりと去って行った。

ドアを一旦閉めたものの、気がとがめて表に出てみた。五十メートルほど先の街灯の下を、北風に追いたてられるように遠ざかる男の後ろ姿が見えた。

荒川が角を曲がるのを見届けて私は家に入ったが、いきなり激しい自己嫌悪に陥った。

今夜は確かに遅い時刻になったが、彼はいつもの流儀で訪ねてきただけなのだ。世間一般から見れば非常識でも、彼の世界ではそれが常識なのだ。しかし私はそれを考えてやれず、冷たく彼を追い返してしまったのである。

私は急いで免許証を手に取り、車で彼の後を追いかけた。どこかビジネスホテルにでも連れて行き、宿泊代は私が払おう、と思ったのである。

だが、市街地へ続く道に彼の姿はなかった。どこか脇道に入ったのだろうか。あるいは、タクシーもたまには通るのでそれに乗ったのかもしれない。

こんな遅くに荒川が来たことはなかったので慌てたが、これからはそんな事態も想定しておこう。そして今度彼が訪ねてきたら、気持ちよく迎え入れよう。そう考えながら、私は家へ引き返したのだった。

しかし彼との音信は、十年前のあの冬の日限りで途絶えた。やはり私の仕打ちが彼の心に深い傷を与えてしまったのだろう。

今でも夜中に電話が鳴ると、「荒川かな」と思ってしまう。後悔しても遅いが、せめて元気でいてほしい。彼も七十七歳になったはずだ。もう旅から旅のフリーターはやめて、故郷の名古屋に落ち着いているのだろうか。いや、きっとまだ旅の途中にいるような気がする。

今日は宮崎には珍しく小雪がぱらついた。落ちた瞬間に溶けるようなレベルだが、全国的にはかなりの雪になったようだ。今頃荒川はどうしているだろう。きっとどこかのスキー場でアルバイトをしながら、春になったらどこへ行こうかと、のんびり考えている最中ではないか。そう思いたい。

あの夏

探し物があって机の中をかき回していたら、古いモノクロ写真が一枚出てきた。とっくに処分したつもりだったが、なぜか残っていた。高校生の頃の佐知子が、幸せそうな笑顔で写っている。

昭和三十七年の春、私は宮崎から上京し、大学に入った。そして最初の夏休み、渋谷の百貨店でアルバイトをすることになった。発送注文を受けた中元贈答品を、大田区行きとか世田谷区行きとか、地域別に分ける仕事である。

男子大学生が中心だったが、ほかに近くの商業系の女子高校から、実習目的で十人ほどの生徒が来ていた。全員一年生で、その中に佐知子はいた。

渋谷近くにあるこの女子高校の評判は、あまり芳しくなかった。風紀が乱れているというのである。確かに、誘えばすぐついてきそうな子が何人かいて、男子学生の間で話題になったりした。しかし私は彼女たちに関心はなかった。

そう書くと随分遊んでいたようだが、むしろ逆で、これまで女の子と二人きりで歩いたことさえなかった。だが恋人がいなくても、別段それで寂しいとか不自由とか感じたことはない。恋愛には晩生だったのだろう。彼女たちに無関心でいたのは、そんな理由でもあったのである。

佐知子について言えば、都会的なすっきりした顔立ちは可愛らしかったし、リーダー格でてきぱきと働くので好ましくはあった。しかしそれだけのことで、特別な感情はなかった。

二週間ほどで私たちの仕事は終った。あとは明後日の急行列車で帰省するだけである。

これまでのバイト料を担当者から貰い、帰ろうとすると、佐知子が近寄ってきて、言った。

「明日、会えない？」

この子も遊びなれていたのかと、少しがっかりした。しかし彼女は勝気そうな瞳で私をしっかり見据え、返答を待っている。

それにしても、佐知子がなぜ平凡な容姿の私を選んだのか、わからなかった。女生徒にモテそうな大学生はほかに何人もいたのだ。

ただ、私に対していくらか親近感は持っていたかもしれない。思わず出てしまう宮崎弁を、彼女はいつも面白がり、時には真似して使ってみたりしていたからだ。

私にデートの経験はないが、相手はこの春まで中学生だった少女である。これなら何とかなるかもしれない。帰省の準備はできているし、明日何か予定があるわけではない。私は生まれて初めてのデートの申し出を受けることにした。

「ああ、よかった。うれしい」

彼女は無邪気に喜び、時間と場所を自分で手早く決めた。そしてもう一度、うれしい、と言って、走るように部屋を出ていった。

翌日、指定された原宿駅改札口に、佐知子はアルバイトのときと同じ制服姿で現れた。私服で来ると思っていたので少し驚いた。家族には、学校に用事があることにして出てきたそうであった。

「うちの親はうるさいの」

そう言って小さく舌を出した。

原宿駅のすぐ前には明治神宮御苑が広がっている。電車から見るだけで、入ったことはなかった。正月には参拝客で溢れるが、暑い日だったせいか、その日は閑散としていた。

私たちは広大な森の中へ入っていった。

本殿に続く歩道はきれいに整備され、巨木に囲まれて心地よい。だが私はひどく緊張していた。仕事場では気軽に話せたのに、今日は冗談一つ出てこない。共通の話題はアルバイトのときのことだが、それもすぐに尽きた。私は困り果て、ただ黙って早足で歩いた。

そのすぐ後ろを、彼女は遅れまいとついてくる。

いくら何でもこのままではまずいな、と思ったときだった。佐知子は突然立ち止まり、

「手も握ってくれないのね」

私の背中に向けて、怒ったように言ったのである。

その言葉に私は衝撃を受けた。大学生のくせに女の子の扱い方も知らないのか、と馬鹿にされたように思ったのだ。次の瞬間、私は佐知子に走り寄り、その小柄で細い体を強く抱きすくめていた。無我夢中だった。

あわててすぐに離れたのだが、彼女は蒼白な顔で私を見ている。驚いているのか腹を立てているのか、その表情からはわからない。

しかし、相手の心配どころではなかった。情けない話だが、初めて女性の体に触れた私

は気が動転し、魂が抜けたようになってしまったのだ。ぼおっとして足に力が入らない。ふわふわと漂っているような感じだった。

なんとか再び歩き始めた私の腕を、佐知子がときどき摑むのがわかった。よほど覚束ない足取りだったのだろう。

本殿に参拝するのも忘れて、私たちは森を通り抜け、いつの間にか代々木駅前に出ていた。興奮は少し静まっていたが、まだ私の足元は定まらず、言葉もうまく出てこない。このままデートを続けられる状態にないことを、佐知子も察したようだった。

「私、帰るけど、住所を教えて」

こわばった顔で彼女は言った。駅の売店でメモ用紙を貰い、川崎市郊外にある下宿先の番地を書いて渡した。ホームへの階段を上がっていく佐知子を、私は絶望的な気持ちで見送るだけだった。その姿が消えたあとで、そういえば彼女の住所を知らないことに気づいた。これではこちらから連絡を取ることはできない。しかしもう後の祭りだった。

次の日には帰省したのだが、故郷で何をしていても、明治神宮でのことが頭から離れなかった。醜態を演じた私に、佐知子はあきれ返ったはずだ。穴があったら入りたいとは、このことだろう。彼女との仲がこれきりになっても、誰に文句も言えなかった。

だがその一方で、もう一度佐知子の顔を見たいという思いは、日々強くなる。三十分ほどデートしただけなのに、その前と後ではまるで違って、これが恋というものだろうかと思った。

夏休みは長かった。九月になるのを待ちかねて下宿に戻ると、佐知子からの手紙が届いていた。すぐに手に取った。住所は東京郊外の三鷹市となっていた。

もどかしく封を切る。

「千葉に嫁いだ姉に女の子が生まれたので、お祝いに行ってきました。かわいかったよ。この前はデートしてくれてありがとう。また会いたいです」などと、断片的な文章だが思いのほか整った文字で書かれていた。

そして同封されていたのが冒頭の写真だった。どこかの民家の石垣の前で、乳母車に片手を添え白い半袖ブラウスの佐知子が立っている。少しまぶしそうな表情をしている。高校の制服姿しか知らないせいか、ずいぶん大人びて美しく見えた。

私に愛想尽かしをしたわけではなかったのだ。それどころか、また会いたいと書いてある。何の屈託もない笑顔の写真を見て、たちまち元気が出た。私はうれしさに舞い上がりすぐに返事を出した。月末の日曜日に渋谷で会おう、と書いた。

当日、私は早めに約束の場所に着き、待ったが、佐知子は現れなかった。もしその日都合が悪ければ、連絡してくるだけの時間は十分あったはずだ。何かあったのだろうが、それがわからない。携帯電話などない時代だし、自宅の電話番号も聞いていない。家まで訪ねていくか、あるいは改めて手紙を書くか、思い悩んだ。

じりじりと何日か過ごした頃、ちょっとした事件が起きた。

夕方に大学から帰ったばかりの私をつかまえて、下宿のおばさんが興奮気味に訊いたのである。

「あんた、佐知子さんという人を、知っている?」

「はい……」

と答えたが、どきりとした。

「そのお兄さんが今朝訪ねて来てさ。妹がここに来ているはずだ、と言うのよ」

思いがけない展開に唖然とした。

事情はこうだった。私が佐知子に出した手紙を、先に母親が開封して読んだらしい。佐知子が知らされたのは、澁谷での約束の日が過ぎた後だった。彼女は激昂し、泣きながら母親を責めたという。

一方父親からは、男と付き合うなど早すぎると叱られ、彼女はそのあと両親と口をきかなくなっていたそうだ。ところが昨日の午後、

「彼の下宿に行く」

佐知子はそう言い残し、家を飛び出していったという。夜になっても帰らなかったため、兄は妹を探しに翌朝川崎まで来たというわけだった。

「悪いけどあんたの部屋も見せたわよ」

下宿のおばさんは言った。妹が来た痕跡がないとわかり、彼は落胆して帰ったという。

私はあっけにとられていた。なんと思い切ったことをするものかと、彼女の行動力に驚いた。だが彼女の自宅からここまで来るには、電車を何回も乗り換えねばならない。ナビ付のスマホがある現代ならまだしも、知らない街で個人の家を探すなど、高校生にできるはずがない。多分、家を出た後冷静になり、友人宅にでも泊めてもらったのだろう。

いや彼女のことだから、私の下宿まではたどり着いたのではないかと、そんな気もした。ただ、女子高校生が男一人の部屋に入るには、それなりの覚悟がいる。玄関の前でためらい、結局扉を叩かず帰ったのではないだろうか。悄然と引き返す佐知子の後ろ姿を思って胸が痛んだ。

気がかりなのは、彼女が今どこにいるのか、ということだった。だが手紙を出しても、

また先に母親に読まれそうだし、事態を見守るしか手段はなかった。

数日して佐知子から手紙が来た。これで自宅に戻ったことはわかって安堵したが、中を開けて驚いた。便箋には「ごめんなさい」と書いてあるだけで、あとは空白だったのである。これまでの経緯や彼女の気持ちなど、何も書かれていなかった。

それでも、佐知子の思いはわかる気がした。いろいろと事情はあっただろうが、それを書き連ねていくと言い訳がましくなる。彼女の性格からそれは嫌で、やむなく「ごめんなさい」のひとことに、すべての思いを込めたのだ、と思ったのである。

ここで私が何か行動を起こしても、佐知子を苦しめるだけのことだ。彼女は手紙の中で謝っているが、青春の貴重な思い出を貰って、むしろこちらがお礼を言いたいくらいであった。最初から最後まで佐知子に振り回された感はあるが、それがどうだというのだろう。

一人の女性と初めて向き合ったあの夏は、十八歳の私を少し大人に近づけてくれた気がする。恋は終わったが、私の心の中は不思議なほど平穏だった。

星野さんの緑色

地方バスの生きる道 1

（平成十年度からの三年間、宮崎交通㈱のバス事業担当役員として、年一回発行の社内誌に事業部の現況を載せました）

岩手県に釜石市という人口四万七千人ほどの町があります。鉄の町として栄え、ラグビーでも有名ですが、今は過疎化が進む一方で、あちこちでシャッターを降ろす店が出てきました。

そんなとき、釜石市の市長から地元のバス会社に、ある申し出がありました。

「ふだんの日曜日にあがっている収入は市が補償するから、第四日曜日だけは市民を無料で乗せてくれないか」

という提案です。

日曜日には平均四千人ほどの乗客がありましたから、バス会社はそれに見合う運賃を市から収受する、という条件で、平成十年五月にその制度はスタートしました。

「にぎわいバス・サンデー号」と名付けられたそのバスに乗って、市民は次第に町の中心部へ出てくるようになりました。乗客数はどんどん増えて、ついには今までの倍の八千人もの利用があるようになったのです。中心街は活気を取り戻し、毎月第四日曜日には、市(いち)が立つほどになったそうです。

バス会社にとって嬉しかったことは、噂を聞いてやってくるよその町からの人々（有料）が結構いたことと、他の日曜日にもバスで町に出てくる市民が増えてきた、ということでした。

この話は、私たちにいろいろなことを教えてくれました。

■中心市街地活性化のために、バスが求められてきている。

釧路市、甲府市、佐賀市、川内市など、全国で地方自治体などから委託を受けたバスが走っています。県内でも、小林市の商工会議所が熱心に研究されています。

■無料、あるいはそれに近い運賃なら、人々はバスに乗る。

運賃値上げどころか、値下げに懸命なバス会社が増えてきています。初乗りが百四十円の区間に、百円で乗れる区間を設ける、といった方法です。

■バスに乗ってみて、その便利さを知れば、利用回数が増える。

駐車場を探す心配はないし、お酒を呑んで帰ることもできる。考えてみればバスは便利だ、ということを知っていただくために、まずは乗ってもらうことです。

他の例では、通勤定期券を持っている人は、土、日祭日には他の区間に百円で乗れる、という制度を設けたバス会社があります。しかも、一緒に乗車する家族も百円でいい、というのです。これも、乗ってもらうための方法の一つです。

当たり前のことですが、お客様のニーズに合ったバスを提供さえすれば、乗客はもっと増えます。いかにしてそんなバスを作り出すか、今年も試行錯誤で頑張ってみるつもりです。

皆様のご理解とご協力をよろしくお願い申し上げます。

（平成11年1月　社内誌 季刊「無尽灯」）

地方バスの生きる道 2

西鉄バスが天神地区と博多駅地区を結ぶエリアを一律百円にし、なおかつ、ここを循環するバスを五分おきに走らせるということを始めて、大きな話題になりました。

この区間はもともと百八十円でしたから、乗車人員が二倍近くにならないと元が取れないわけですが、現在一・七倍だということですから、まずまず成功したといえるでしょう。この循環バスは、近くを歩いていた人や、地下鉄、タクシーなどに乗っていた人たちを片っ端から集めてきて、減少し続けるバスの乗客人員に歯止めをかける役目を果たしました。

しかし西鉄バスの狙いは、恐らくもう一つあると思われます。

平成十三年に規制緩和が実施されたら、タクシー会社やトラック運送会社等が、定期バスの儲かりそうな路線に必ず参入してくることでしょう。人の流れの多い天神や博多駅などは、いかにも旨味のありそうなところです。だから西鉄は、何者も入り込めないほどに循環バスでびっしりとこの地域を埋め尽くし、そして百円という低額の運賃にして、新規参入を阻止しようとしているのでしょう。

儲かりそうな路線といえば、高速バス路線があります。もちろん西鉄はそこもぬかりなく、福岡と長崎、大分などを結ぶ路線に、大幅な増便を致しました。

私たちと共同運行のフェニックス号（宮崎―福岡線）については、今回はそのままでしたが、もし参入の噂が立ったら、すぐにでも増便したいと言っています。大手で力のある会社とはいえ、本当に徹底しています。

ところで、私たちの会社が昨年春に立て続けに発売した、学生向けの「キャンパス」、一般向けの「通勤プラス」、そして六十五歳以上の高齢者を対象とした「悠々パス」なども、実は新規参入を防ぐために作ったものでもあるのです。お得意様を確保し、その方々には特別の恩典を差し上げて、どこか別のバス会社が参入しようとしても、そちらには誰も流れないようにしようとしたものです。

その「悠々パス」ですが、これを売りだすときに、「将来、購入者にはその市町村が福祉政策の一つとして補助金を出してくれるといいね」と部内で話していました。その夢が、さっそく宮崎市でこの四月に実現することになりました。ますます買いやすくなるわけですから、お客様の確保と増加につながってくれるものと期待しています。

ところで、宮崎市が発行している無料の老齢パスも、四月からは「悠々パス」に準じた扱いになります。市内だけでなく、宮崎市と近郊の市町を結ぶ路線にも、一乗車につき百円を支払ってもらうことになりました。今までにはなかった現金収入ですから、非常に注目されるところです。

百円という小さな単位の話ばかりですが、百円も積もれば何億円にもなります。定期バスが立ち直るためには、百円玉をいかに集めてくるかにかかっている、と言っても過言ではありません。
その一方で、不採算路線の廃止も進めていかねばなりません。幸いにも行政機関の協力もありますから、今のところ予定通りに推移しています。辛い時代もあと少し、希望を持って新しい年に一歩を踏み出すことにしましょう。

（平成12年1月　社内誌 季刊「無尽灯」）

地方バスの生きる道 3

普通なら、バス路線の廃止を打診されたら市町村はあまりいい顔をしないのに、五ヶ瀬町は違っていました。むしろ張り切っているように見えたくらいです。やり方によってはバス路線を存続させられるのではないか、そしてもっとうまくいけば、町おこしにもつながっていくのではないか、そう考えたからのようでした。

五ヶ瀬町は人口五千三百人あまり。もちろん過疎化も進んでいました。ですから、いずれ廃止路線の対象になるかもしれない、と役場では考えました。そこで役場内にプロジェクトチームを作り、存続のために町民にとってより利用しやすい時刻や系統を研究し、わが社へ相談にみえました。

高千穂町からの最終時刻をもっと遅くすることや、蘇陽高校の校門そばまでバスを乗り入れることとか、役場の職員にはノーマイカーデーを設けて、積極的にバス利用させるなど、色々な方策を提案され、実現させました。

それらの効果が出る前に、平成十三年度の廃止対象路線に高千穂―土生―赤谷―谷下線（赤谷は五ヶ瀬町の中心部です）があがりました。

町では新しい方策として、この四月からは、町立病院が患者の送迎に無料で使用していたマイクロバスの運行を止めることにしました。そのかわり、宮崎交通のバスで通院してきた人には、往復のバス賃を渡すようにするそうです。よその町の病院でなく五ヶ瀬町立病院に来てくれれば、病院もうるおいますし、近辺の商店街も賑わいます。

また、キャンパス・ミニ（小中高生用の割引定期券）の販売促進にも取り組むことを約束していただきました。地域に密着したバスにするため、バスのボディにペイントをさせてほしい、とも言われました。町役場はバス路線存続を成功させて、全国に「五ヶ瀬方式」と言われるものにしたい、と張り切っているのです。

四月以降、これらのことがどう実を結ぶのか、私どもも見守っていきますが、なんとかバスを残せるようになればいいが、と心から思います。

赤字で補助金も出ない路線は、これからも切らざるを得ませんが、収支が改善する見込みがつけば、何も廃止する理由はありません。絶対収入を落としたくないし、宮崎交通は県民の足である、という矜持は持っていたいからです。

七十五年の歴史をもつわが社のバスが、二十一世紀も生き残っていけるよう、運行管理部は今年も頑張って行きたいと思います。皆様のご支援をよろしくお願い申し上げます。

（平成13年1月　社内誌　季刊「無尽灯」）

いつまでも若く

（宮崎交通㈱の健康保険組合広報誌に寄稿したエッセイです）

健康と長寿を約束してくれる妙薬、あるいは方法はないのだろうか。秦の始皇帝ではないが、最近そんなことに興味を覚えて、いろいろ調べてみたが、もちろんそう簡単には見つからない。

百歳まで生きられるという「ヨーグルトキノコ」も、ガンにかからないという「キチンキトサン」も、愛飲者の一生を見届けてみないと、本当に効いたかどうかわからない。またヨガや気功法は、型が多すぎて覚えるのに骨が折れそうだ。

そんな中で私が注目し、ひそかに励行しているのは「チベット体操」である。

チベットの奥なる寺院で、ラマ僧たちが修行の一つとして行うものだそうで、簡単な五つの体操から成り立っている。それぞれを二十回ほど連続してやるのだが、その中に、腕立て伏せに似た体操がある。これ一つだけでも、せめてゴルフのドライバーの飛距離アップには役立ちそうだ。

とにかくこのチベット体操を毎日続ければ「若さと健康と活力がすべて回復する」と、テキストには書いてある。八十歳になっても五十代の若さに見えるそうだが、どなたかその時点でご確認戴けないだろうか。

その日を楽しみに、今朝もチベット体操に熱中していると、横を通りかかった家人が言った。

「あなた一人だけ若くなって、どうするわけ?」

（平成元年「健康保険組合だより」）

星野さんの緑色（星野富弘詩画展1）

（平成十五年十月、宮崎市民プラザで星野富弘詩画展が開催された際、実行委員会顧問として会報に寄稿したものです）

中学生のころ、公園で写生をしていた私たちに、美術担当の教師がこんなことを言いました。

「木の葉っぱは、みんな同じ緑色じゃない。一枚一枚すべて異なる緑だから、よく見て描くように」

そう言われて枝を見上げると、確かに小さな葉のそれぞれが、輝いていたり陰っていたり、あるいは濃い色があり薄いのもあり、微妙に違う緑色をしていました。もっとも、絵は苦手でしたからそれを十分に表現できませんでしたが……

そんなことがあったからか、色の中では緑色になんとなく惹かれるものを感じます。星野富弘さんの絵で、とりわけ私が好きなのは、「小さな実・ぐみ」の葉に使われている緑色です。

三年前に熊本市で開かれた詩画展のポスターがその絵でした。主題であるぐみの実の赤は鮮やかですが、それを引き立たせている緑の葉の色に、思わず見とれてしまったのです。

私の家の居間に、このポスターは今も貼ってあります。緑色のぐみの葉は、力強さと柔らかさを併せ持って、つややかに光っています。そしてどの葉も、全部違った色合いで描かれていました。中学生のときの私が描きたかったように。

話が前後しますが、群馬県東村の富弘美術館を訪ねたのは、前述した熊本市での詩画展開催の一年ほど前でした。

私はかなり前から星野さんのファンでしたから、そこにはずっと行きたいと思っておりました。するとうまい具合にチャンスが来たのです。私の会社は同じ群馬県の伊勢崎市にあるＦ社の工場に毎年車両の製造を発注していましたが、担当である私がその完成検査に行くことになったのです。

工場の担当者には前もって話をつけておき、検査が終わった翌朝、二時間ほどかけて車で富弘美術館に連れていってもらいました。

中年のその担当者は群馬県人でしたが、星野さんのことは良く知らない、と言いました。

「口に筆をくわえて、どんな絵ができるのですかねぇ」

と不思議そうでした。

しかし、美術館を見学したあと、彼は星野さんのカレンダーと本を一冊、絵ハガキも何枚か買い込みました。きっとこの日の感動を、工場の人たちや、奥さん、子どもさんにも伝えたことでしょう。


宮崎での詩画展も近づきました。刷り上がったチラシとともに、『花の詩画展集・あなたの手のひら』を二十冊ほど用意しました。

実は私はこの六月に会社を退職しましたが、職場の送別会とは別に、若い人たちが一席設けてくれましたので、そのお返しに一冊ずつ贈ることにしたのです。

送別会の翌朝、その中の一人からこんな電話を貰いました。

「頂いた本のページをめくりながら、星野さんのこと、絵のこと、詩の内容のことなど、家族三人でいろいろと話し合いました。久しぶりに家族の団らんができてうれしかったです」

そのことは私にとって望外の喜びでした。一般的に弱くなっているという家族の絆が、星野さんの詩画を通して強く結ばれたのなら、本当にうれしいことですから。

弾んだ気持ちで庭に出ました。夏を迎えて、椿や桜やクロガネモチなど、木々の緑は、ずいぶん色濃くなっています。あらためて一枚一枚の葉の色を眺めてみました。どの緑も、やはり私には描けそうもない美しさでした。

計画通りの人生（星野富弘詩画展2）

（詩画展が終了したあとの事業報告広報に掲載されたものです）


「怪我をする前の自分に戻りたいですか」という質問に、星野富弘さんは即座に「ノー」と答えていました。星野さんがテレビ局のインタビューを受けていた場面です。

それがちょっと気にかかっていました。今の車椅子の生活よりも、元気に動き回っていた若い頃の方がずっと良さそうに思えますが、彼は否定したのです。

なぜだろうかと考えていましたが、最近私なりに一つの解釈を持ちました。それは、少し前に読んだ精神世界のことを書いた本の内容に思い当たったからです。

その本では「人間の本質は魂とでもいうような意識体で、人間の肉体をまとって何度も生まれ変わりながら成長し続けている」ということを、前提というか仮説として書かれていました。

人間が一生を過ごす間の、さまざまな体験、試練を通して修行することで、魂はレベルを上げようとするのだそうです。どういう環境に育ち、どんな事件に出会い、どんな努力で喜びを得るのか、すべて自分で計画して生まれてくる、といいます。

それが真実かどうかは置いて、その前提に立てば、降りかかってきた災難も不幸も、自分で決めていたことが、今起こったに過ぎません。予定通りの試練であり、そこからどう成長していくかということだと、この本の作者は述べていました。

星野さんは苦しんだ末に、それに近いようなことを悟ったのではないかと思うのです、「これは神様の定めだったのだ」と。それでそこからひたむきな努力で詩画を描き始め、たくさんの人々に感動を与えるまでになりました。

こうして生きる喜びを得たということもまた、ひょっとすると生まれる前に決めていたことが実現しているのかもしれません。そうであれば、星野さんの人生は十二分に計画を達成したのです。昔に返る必要は全然ないし、確信をもって「ノー」と答えたのではないだろうか。私はそんなふうに推測したのでした。

ところで私は今、失業中です。半年前に長年勤めた会社を退職し、特に次の予定もないのでこの詩画展のお手伝いをさせてもらっているのです。就職先のあてはまったくありませんが、この状態も自分が生まれる前に決めてきたことなのでしょうか。

そうだとすれば、自分が次に進むべき道はいずれ現れることでしょう。星野さんのように、生きる喜びを第二の人生で見つけられるよう、頑張りたいと思っております。

十八に　なるまで待とう　就職は

（ハローワークで若年者就職支援員をしていたとき、中学校から職業講話を頼まれることがよくありました。当時は高校中退者の多さが問題になっていましたので、中学生には主にそのことについて話をしました）

＊　＊　＊　＊　＊

今日私は、就職の話をしにここへ来ました。しかし皆さんはまだ中学生です。高校入試の話ならわかるが、就職の話なんて早すぎる、なぜ今頃するのか、と思っているでしょう。

確かに、県内の中学生はそのほとんどが高校に進学します。でも、百%ではありません。現実的に、毎年県内で十五、六人は中卒で就職しているのです。

その人たちは、高校に行く気はなくて就職への道を選んだという人が多いのですが、最近のケースとして、不況のために家庭が経済的に厳しくなり、高校にやれない、という例がありました。また、高校受験に失敗して、やけになって就職に切り替えた、という人もいました。だから、ここにいる皆さんも、中卒で就職するなんて絶対そんなことはない、とは言い切れないのです。

ここで参考までに、中学新卒者を対象に用意された仕事は何かというと、大工、左官、床屋、美容師、など、いわゆる手に職をつける仕事がほとんどです。しかも県内には雇ってくれる会社はまずありません。大阪とか名古屋あたりの会社からの求人ばかりです。

そういう「下積みで技術を磨いていく仕事」に興味があれば、都会に行っても続くかもしれませんが、「本当はガソリンスタンドで働きたかった」とか、「花屋さんの店員になりたかった」というような人たちは、続かないしホームシックにもなったりして、すぐにそこを辞めてしまいます。中卒で就職した人たちのうち七割が三年以内に辞めている、というデータがあります。仕事の種類が限られ、嫌でもその中から選ばなくてはいけなかったからでしょう。でも退職したあとの運命はどうなるのか、決して楽な道ではなかったはずです。

皆さんが無事高校に入ったとしても、また別の危険があります。高校を中退してしまって、仕方なく仕事を探すことになる可能性があるのです。

　せっかく入った高校をどうして辞めてしまうのだろう、と中学生の皆さんは思うでしょう。しかしハローワークで仕事をしていたとき、高校を中退してきたという若者がたくさんやって来たのです。不思議に思ってインターネットで調べてみたら、びっくりするようなデータがありました。

　それによると、高校では一年生で中退する人が最も多くいました。今、全国の高校一年生は百十万人ほどいますが、そのうち三万五千人が中退しているというのです。率にして三％くらいになります。

　皆さんは西都市の人口がどれくらいか知っていますか？　三万三千人くらいです。つまり、毎年毎年、全国では西都市の人口以上の高校一年生たちが、中退して世の中に出て行っているのです。

　一年生に中退者が多いのは、中学から高校に入って環境が変わるから、ということもあろうかと思います。そしてもちろん、二年生、三年生も中退しています。その数も多くて、合わせて三万八千人。一年生から三年生までを合計すると七万三千人になりますね。七万人以上の高校生が、毎年高校からいなくなるというのは、恐ろしい話だと思いませんか。

　宮崎県内でも二年前の平成十九年度は、七百七十九人の高校生が中退しました。その前の年は九百一人でした。 その人たちはその後どうしたのかというと、そのうち二、三割は別の高校に転校しましたが、残りの六百人ほどの若者は県内のあちこちで仕事を探す状態になったのです。

学歴としてみれば「高校中退」は「中学卒」になります。最終学歴が中卒というのは、一般的に言って、就職するときだけでなく、社会生活を送る上でもマイナスとなることが多いと思います。

高校を中退するには、もちろんそれぞれに理由があります。経済的な理由や、校内でいじめにあったとか、勉強についていけなかったとか、いろいろあって辞めているのです。でも、辞めたら最後です。働こうにも、仕事はまったくない、と言ってよいでしょう。高校中退者の就職というのは、とてもむつかしいのです。これは景気の良い悪いに関わりありません。昔から非常に厳しいことを、ハローワークでの経験で私はよく知っています。

なぜ高校中退者の就職はむずかしいのでしょうか。

ハローワークに来ている求人票（募集の内容、条件　職種　時間給などが書かれた用紙）には、学歴の欄があって、「高卒以上」となっているものがほとんどです。高卒以上というのは、少なくとも十八歳以上でないとだめだ、ということなのです。 だから高校中退者は、求人の条件のところで門前払いを食わされるのです。

どうして会社は「高卒以上」つまり「十八歳以上」でないといけないと条件をつけるのでしょうか。

それは、十八歳未満者は、法律上の制限として、車の免許が持てないからです。宮崎は車社会ですから支障があるのです。また、残業をさせてはいけないとか、危険な仕事につかせてはいけないとか、十八歳未満者には制限が多く、会社としては困ることが多いのです。

それから、今や中卒者のほとんどが高校へ進学する時代です。そして、高校に入学したら、全員卒業するものと世間では思っています。中退者が全国で七万人以上もいるなんて、世の中の社長さんたちは誰も知らないのです。

ですから高校中退者に対しては、世間では、そんな生徒はすなわち問題のある生徒だ、という先入観を持っています。だから採用したくない。雇い入れて、会社で高校のときと同じような問題を起こされても困るから、敬遠するのです。

もう一つ、ダメ押しになりますが、高校中退者は、会社に勤めてもすぐに辞めてしまう、という悪い評判が一般に定着しているのです。せっかく仕事を教えても無駄になる。だから、最初から雇おうとしないのです。
マイナスの要素がこんなにあるから、会社では高校中退者を採用しないのです。なにもそんな人を採用しなくても、ちゃんと高校を出た十八歳の若者はたくさんいますからね。

こんなことから私は、県内の高校や中学などでこのような講演をするとき、「高校は中退しないで必ず卒業しよう」といつもいい続けています。別の高校に転校してもいいのだから、高校だけは卒業して欲しい、と心から思います。

十八歳になれば、つまり高校を卒業して就職するなら、世の中は歓迎してくれます。十八歳は、成人はしていないが、一応一人前と認めてくれる年齢なのです。大人への仮免許といったところでしょうか。その点、十六歳や十七歳は、まだ人間として未成熟な状態で世の中に出て行くということなのです。そういう人たちには、パートやアルバイトの仕事しかなくても、やむをえません。いつか安定した仕事に就きたいと思っていても、ずるずるとそんな仕事を続けてしまいがちです。抜け出せない。
高校を中退したことが、坂道を転がり落ちる一つの原因になると私は考えています。なんとかそれを食い止めたい。中退したらどんな状況が待っているのか、話しておきたい、と思ったのです。どれほど仕事探しが大変か、そんな状況を知ったうえで中退するなら、仕方がないのですが。とにかく安易に高校を中退しないことです。

特に今は、就職に関しては超氷河期と言われています。高校生への求人も昨年の半分しかありません。就職希望者の三十%くらいは、就職が決まらないで卒業していくことになるのではないかと心配しているのです。

ハローワークでは一般の人たちに職業を紹介していますが、百人の就職希望者に対して四十人分くらいの仕事しか用意できていません。世の中、大変な不景気なのです。まだ四、五年はこの状態が続くかもしれません。皆さんが高校を卒業して就職するころに間に合えばいいと願っているのですが。

さて今日私は、「高校を中退しては大変だよ」ということをお話してきました。少しは理解いただけたでしょうか。

実はこのことをわかりやすく伝えるのに、スローガンとか標語みたいなものはないか、と思ったことがありました。高校生の就職を安全にする言葉はないか、とインターネットで調べましたが見つかりませんでした。そこで、よしそれなら自分で作ろうと思いました。そして、恐らく日本で初めての「就職安全標語」が三年前にできました。それが本日の夕

イトルにもなっている、

『十八に　なるまで待とう　就職は』です。皆さんも何かピッタリくる標語がないか、考えていただくとうれしいですね。

＊　＊　＊　＊　＊

この中学校からは後日講演のお礼が届いたが、「自分も就職安全標語を考えた」という手紙が幾つかあった。その中の一作を紹介する。

『中退は将来の道ふさぐもの』

講話をよく聞いて、きちんと理解したことがわかる秀作で、うれしかった。

この作品に刺激を受けて、その後私も新作を考えた。それは、

『飛び出すな十六歳には職はない』

交通安全標語をもじったようなもので恥ずかしいが、理解はしやすいのではないかと思っている。

面接官は困っている

（平成二十一年から二年間、ある県立高校で就職指導員をしました。生徒たちに履歴書の書き方を始め、就職に関するあらゆるノウハウを教える仕事でした。例えば『面接』については、こんな講話をしました）

＊　＊　＊　＊　＊

私は会社員時代に面接官を十一年経験しました。バスガイドや運転士、整備士、事務員などの募集に対し、毎年三百人程の受験者がいましたので、通算では三千人以上の人たちの面接に立ち会ってきたことになります。

そこでいつも感じていたのは、『高校生の履歴書は、どの生徒のもほぼ同じだ』ということです。部活動とか、簿記の取得資格などは人によって違いがありますが、ほかは同じようなことをみんな書いています。例えば趣味欄を見ると、どの生徒も「読書」か「音楽鑑賞」、そのどちらかです。

実は面接をする場合には、何を質問しても良い、というわけではありません。例えば親の職業、本籍地など、あるいは購読している新聞や雑誌、さらに宗教とか、そんなことを質問してはいけないことになっているのです。なので、集団面接で目の前に並んだ高校生たちの、どれも同じような履歴書を見ながら、何を質問すればいいのだろうと、私はいつも困っておりました。

政治や経済のことを質問すると、もじもじするだけで何も答えることができません。それでやむなく、高校時代の一番の思い出は？　とか、苦手だった科目は？　といった、定番の質問をするのですが、次第にこれにも飽きてくるのです。

恐らくどの会社の面接官も、私と同じような思いを持っていると思うのです。そこで、そんな困っている面接官を自分の味方にする方法があります。『面接必勝法』とでもいうものを今から皆さんにお伝えしますから、よく聞いてください。

さて、今、ある会社で面接試験が終了したとします。面接官たちは印象が残っているうちに集まり、話し合います。

そのとき、「あの子は元気がよかった」「にこにこしていた」「しっかり自分の考えを述べていた」などと話題に上がった生徒は、大体合格します。

ところが、「この子はどんな子だったかなあ」と顔が思い浮かばない生徒は、まず採用されません。つまり、面接試験では〝目立たないといけない〟のです。控えめではダメなのです。

そうはいっても、初めて面接試験を受けるのですから、緊張して声も小さくなり、表情も硬くなったりするのが普通です。なので、そうならないように事前の準備をするのです。ちょっとした細工をします。それさえしておけば、八割方うまくいきます。

ただ、最初に断っておきますが、これはあくまで高校生なら許されるという方法です。大学生や社会人になって使うと逆効果になりますので、それは認識しておいてください。

さて、事前の準備とは何か。それは履歴書の書き方にあります。履歴書の中に「趣味」を書く欄がありますが、そこが重要ポイントです。

ではどう書けばいいのでしょうか。

趣味が『音楽』だという場合は、もっと焦点を絞って書くようにしましょう。例えば、「嵐の曲が好きです。特に桜井翔君のファンで、テレビの番組表は必ずチェックして、忘れないよう事前にビデオを予約しておきます」とか書いたとします。

すると、履歴書を見ていた面接官は必ずそれに着目します。そして、嵐の何と言う曲が一番好きか、とか、桜井君のどんなところがいいか、などと質問してくるでしょう。また、その理由についても尋ねてくるでしょう。

でもそれを書いた生徒は、桜井君の誕生日だけでなく、好きな食べ物さえ知っているのです。どんな質問にも簡単に答えられるでしょう。きっとにこにこして、身を乗り出すようにして答えているかもしれませんね。それがいいのです。

はっきり言っておきますが、面接官は正解を求めて質問しているのではありません。皆さんの答える表情をじっと見ているのです。採用後は一緒に仕事をしていく仲間になるのですから、やはり明るい人が好ましいですよね。会社の大切なお客様からいい印象を持っていただけそうな人を、受け入れたいと思っているのです。

去年の卒業生ですが、「韓国語を勉強するのが趣味です」と書いた女子生徒がいました。「東方神起の大ファンで、もし実際に会えたら韓国語で話をしたいからです」と、その理由も書いていました。すると、面接官の一人がそのグループをよく知っていたようで、関連する質問が次々出されて、結構盛り上がったそうです。

レストランを経営する会社の面接でしたが、彼女はすぐに採用されました。韓国語を話せるかどうかはあまり関係なかったと思います。面接時に見せた笑顔が、接客に適していると判断されたのでしょう。

さて、趣味が『読書』という人も、同じ要領で具体的に書くのがいいと思います。例えば、「推理小説が好きで、特に赤川次郎の三毛猫ホームズシリーズは全巻持っています」とか書きます。

すると面接官は、赤川次郎の小説はどんなところに特徴があるのか、シリーズの中でどれが一番面白かったか、などと質問してくるでしょう。

この場合も、何を訊かれても余裕で対応できますね。答えに窮することはないはずです。自信あふれる表情は、きっと面接官の心を捉えることでしょう。

「自分の土俵で相撲を取る」という言葉を聞いたことがあるかと思います。自分の得意分野に、相手である面接官を持ってくるということですから、優位に面接試験が進められます。熱弁をふるうとまではいかなくても、きっと面接官の目をしっかり見たまま答えていることでしょう。そうなれば、皆さんの勝利は見えてくるのです。

そんな講話をした何日かあと、生徒たちはそれぞれ履歴書に自分の趣味を書きこんで私に見せにきた。思わず笑ってしまうようなものもあったが、そのやりとりは実に楽しく、ずっとこの仕事をしたいと本気で思ったものだった。

＊　＊　＊　＊　＊

しかし市内の短期大学での仕事に呼ばれ、その高校にいたのは一年半だけだった。就職試験本番のときに去ることになったので、生徒たちには申し訳ないことをしてしまったが、それにも関わらず色紙にびっしり寄せ書きをしたものを贈ってくれた。「就職試験に自信がつきました」とか「合格の報告をしたかったです」とか書かれてある中に、「先生がいなくなってしまうと、後輩がかわいそうです」という一文があった。とてもうれしく、かつ辛いメッセージだった。

蒼天高く

（平成二十八年八月、宮崎大宮高等学校第十四回生八十七人による文集「蒼天」を編集・発行しました。その巻頭言です）

昭和三十四年四月十一日、私たちは宮崎大宮高等学校の第十四回生として入学した。普通科四百十五人、家庭科百二十七人、計五百四十二人だったと記録にはある。

見上げると、宮崎の空はどこまでも蒼く、高かった。誰もが貧しかったが、希望や夢は空の高さまでも満ちあふれていた。私たちはそんな高校時代を送った。

気がつけば、あれから半世紀を超える歳月が過ぎた。これまでどの人の人生にも数えきれないほどの喜びや悲しみがあったことだろう。「人は皆、物語の中を生きていて、誰もがその主人公だ」という。全編を語ることは不可能でも、どこか一場面だけを切り取って伝えることはできる。その記憶を、子や、孫や、更には未だ見ぬ末裔たちへ残し、自分が生きてきた証としたい――私たちはそう考え、全国の同期生たちに文集の作成を呼びかけた。

ある人は、病気の後遺症で目が見えにくい状態の中で、家族に口述筆記を頼んで原稿を書き上げたという。また、はがきを書くことさえ苦手だったある人は、自分の存在を本の中に残しておきたい、と懸命に書いたという。

宮崎大宮高等学校卒業五十五周年記念誌「蒼天」は、同期生たちのこうした想いが詰まってできたものである。あの頃の純粋な心は半ば失われたかもしれないが、古稀をも乗り超えた各人各様の生き方が、ここには書かれている。これを読み返すたびに懐かしい顔が思い浮かぶだろう。そしてあの高く蒼い空もまた、頭上に広がってくるのを感じるのではないだろうか。

推(お)す敲(たた)くか

（「蒼天」発行から七年後の令和五年一月、「蒼天第二集」を発行しました。その編集後記となるエッセイです）

「無理だと思うがなあ。年賀状さえ止めた者が何人もいるし……」

と私は言った。友人が「八十歳記念に二冊目の文集を作ろう」と持ちかけてきたからである。

高校の同期生だけの文集を初めて刊行したのは七年前だった。やはり彼が発起人、私は編集者で、同窓会組織の協力も得て八十七名からエッセイを集めた。それに続いて第二集を出そうというわけだが、今やみんなの体力気力は目に見えて落ちている。投稿してくれる者は前回の二、三割もいるだろうか。

だが医者でもある友人はあきらめない。「文章を書くことで脳は活性化し老化を防ぐから、これはみんなのためにもなるのだ」などと言われては断れず、結局、編集も引き受けてしまったのである。

募集案内には「生きてきた証を残そう」と書いて発送した。ふだん付き合いのある友人たちを通じて、めぼしい同期生に片っ端から投稿を頼んだ。そのおかげで、うれしいことに四十五通もの原稿が届いたのである。これなら本としての体裁は保てそうだと、ひと安心したのだった。

ところがその後で問題が起きた。前回は地元の出版社に原稿を丸投げし、構成も表紙のデザインもすべてやってもらった。高価なものにはなったが立派な本ができたし、第二集もそうするものと思っていた。しかし今頃になって発起人が「今回は製本するだけの印刷所に頼むことにしたい」と言い出したのだ。経費が三分の一で済むという。

しかし事前に何の制約もしていなかったので、私の手元に集まった原稿の形態はバラバラである。レポート用紙、便箋、原稿用紙などに、ボールペンや鉛筆で自由に書かれている。判読に苦しむ個性的な字も多く、とてもこのままでは製本に回せないと頭を抱えた。

みんなに書き直しを頼むのは大事である。やむなくすべての原稿を、文字の大きさ、一行あたりの字数など一定の様式に揃えてパソコンで打つことにした。四百字詰め原稿用紙に換算すると三百枚以上にはなっただろう。かなりの時間を要してようやく出来上がったが、校正する余力は残っていない。そこは各自に頼むとして、全員に送り返した。
この後の展開は意外だった。活字となった自分の作品を見た同期生たちは一様に、これが本となって後世に残ることを改めて意識したようであった。気になる箇所の変更を郵便で伝えてくる、修正稿を送るとすぐに新たな手直しが届く、行替えや句読点などの細かいところは電話で指示してくる……各人とそんなやりとりを何回も何回も繰り返した。手間はかかったが、次第に読みやすく仕上がっていく。「文章に手を入れすぎて疲れた」と言いながらも満足そうな彼らの声も聞こえて、編集作業は楽しいものになった。

高校の漢文の授業で、このように文章や語句を練り直すことを「推敲（すいこう）」といい、その由来について習ったことを思い出す。

教師は黒板に「僧推月下門」と大きく書き、解説した。

……中国・唐時代、賈島（かとう）という詩人が科挙受験のためロバに乗って都にやってきた。その時、「僧ハ推ス月下ノ門」という一節を思いついたが、「推ス（お）」とするか「敲ク（たた）」にするか迷いながら進んでいたため、行列に突き当たってしまう。それは都の長官で、唐詩四大家の一人でもあった韓愈（かんゆ）の行列だったが、彼は賈島を叱るどころかその相談に乗ってくれたのである。「そこは『敲ク（たた）』が良い」との助言を入れて詩は完成した。

これが「推敲」という言葉の由来と言われている……

「僧は敲く月下の門」と声に出してみる。いい響きである。季節は晩秋だろうか、煌々たる月明かりのもと、旅の僧が一夜の宿を求め、村外れの民家の門を遠慮がちに敲いている——教師の声を聞いている私の脳裏にそんな光景が浮かんで、印象に残る授業だった。


予定から少し遅れたが、「蒼天第二集」は二百八十ページあまりの本となって発行できた。協力してくれた友人たちとの打ち上げの席で私が「推敲」の故事を披露すると、

「月下の門、とは格好いいね。ところで、天国にも門があるのかなあ」

一人がつぶやいた。その日も近い年齢だけに、そんな連想をしたのだろう。

「あると思うよ。大きく立派な門で、門番もいるんじゃないかな」

軽く私は答えたものの、少し気になることがあった。天国の門の前にいざ立って「ただ今到着しました。どうか開けてください」などと下手に敲けば「お前が入る門はずっと下の方だ」と文字通り門前払いされる事態もありうるのではないか。それは大いに困る。

「我々の場合は、「敲く」のではなく、「推す」だけでスッと中に入りたいね」

私が言うと、みんなは手を叩いて賛同したのだった。

跋

伊藤　一彦

待ち望んでいた一冊である。

八十代になって、お互いに「クン」で呼びあえる旧知の友がいることは嬉しい。この跋文でも、長友克輔君と書かせてもらおう。長友君もいつでも伊藤君と呼んでくれる。

長友君とは宮崎大宮高校の新聞部で出会った。一年生の秋に私は化学部をやめ、縁あって新聞部に入ったのだが、そのころ長友君はすでに有能な部員として活躍していた。そして、新入りの私に親切だったことをおぼえている。やがて一年生の終わりごろに、次年度の役員選挙がおこなわれ、長友君が新編集長、私が新部長となった。彼は当然の結果だったが、私はサプライズ。部長としての自信はなく、引き受けるかどうか迷った。そして引き受けることにしたのは、長友君が編集長としてかたわらにいる心強さがあったからだと思う。実際、彼に助けられたことは数知れないだろう。二年生の夏には早稲田で開催された全国高校生新聞部大会に、顧問の穂積正晴先生と彼と三人で上京して参加したことなどなつかしい。

高校を卒業して、長友君も私も東京の大学に進学した。大学はちがっていても、東京でも交友関係は続いた。彼は覚えているかどうかわからないが、彼に誘われて田町のビル清掃のアルバイトを一緒にしたこともあった。四年間の大学生活ののち、二人とも帰郷して就職した。彼は宮崎交通に入社し、私は県立高校の教師になった。彼と私はいろいろ違う面が少なくない。彼は右党なのに、私は左党であるとか。しかし、故郷の宮崎で一生を過ごし、宮崎のために何か役に立ちたいという気持ちは同じだった。

思い出話はキリがないのでもうやめよう。

この度の長友君のエッセイ集に添えられる拙文なのだが、蛇の足である。というのは、この本がいかなる一冊か彼自身の「はじめに」が明瞭かつ簡潔に語っているからである。彼らしく韜晦（とうかい）するところのない文章である。本文中のエッセイもそうである。そして、爽やかで、温かい。達意の文をとおして彼のヒューマニティがよく見てとれる。

三章の構成とタイトルもすっきりしてさすが元編集長だ。短文を収めた第一章の「やぎさんゆうびん」の掉尾を飾っているのは「太陽をこころとして」である。若山牧水の歌集未収録の一首を取り上げつつ、彼が書いているのは妻へのオマージュである。平たく言えばオノロケ。第一章にしばしば影の主役として登場させている妻を章の終わりで主役にしたのである。あっぱれな構成と言えよう。章の初めの方では「妻」とすらよばず「家人」とテレながら言っていたのに。

長友君のますますの健筆を祈って、蛇足の文を閉じる。

［著者略歴］

長友　克輔（ながとも　かつすけ）

1944年（昭和19）3月　宮崎県宮崎市生まれ

宮崎大宮高校ー法政大学卒業後、宮崎交通㈱入社
人事課長、人事部長を経て取締役　バス事業部など担当
退職後はハローワーク、宮崎商業高校、みやざきシニア活躍推進協議会などで、高校生、高齢者等の就職支援に携わる

現在、宮崎市内の小学校で生活学習アシスタント

現住所　〒880-0926　宮崎市月見ヶ丘6丁目4-14

やぎさんゆうびん

二〇二五年三月二十四日　初版印刷
二〇二五年三月三十一日　初版発行

著　者　長友克輔 ©
発行者　川口敦己
発行所　鉱脈社
〒八八〇 - 八五五一
宮崎市田代町二六三番地
電話　〇九八五 - 二五 - 一七五八
郵便振替　〇二〇七〇 - 七 - 二三六七

印　刷
製　本　有限会社　鉱　脈　社